Het jaar van de kreeft is het verhaal van de stormachtige relatie tussen de jonge kapster Toni, en Pierre, vrijgezel en werkzaam bij een verzekeringsmaatschappij. Het sterrenbeeld van Toni is kreeft, en daar wijt zij ook haar onvoorspelbare karakter aan: 'Dat komt omdat ik een Kreeft ben, Kreeften zijn zo, verleden-ziek.' *Het jaar van de kreeft* speelt zich af in de vroege jaren zeventig in Amsterdam en werd geschreven in de periode dat Hugo Claus daar woonde en een verhouding had met Kitty Courbois, op wie het boek gedeeltelijk is geïnspireerd.

Hugo Claus (1929) schrijft poëzie, toneel, proza en filmscenario's; daarnaast is hij werkzaam als beeldend kunstenaar en als regisseur. Zijn werk werd talloze keren bekroond en in 1986 kreeg hij de Prijs der Nederlandse Letteren, de hoogste officiële prijs in de Nederlanden.

HUGO CLAUS

POËZIE

Registreren 1948
Zonder vorm van proces 1950
Tancredo infrasonic 1952
Een huis dat tussen nacht en morgen staat 1953
De Oostakkerse gedichten 1955
Paal en perk 1955
Een geverfde ruiter 1961
Oog om oog 1964
Heer Everzwijn 1970
Van horen zeggen 1970
Dag, jij 1971
Figuratief 1973
Het Jansenisme 1976
Het Graf van Pernath 1978
De Wangebeden 1978
Almanak 1982
Alibi 1985
Mijn honderd gedichten 1986
Sonnetten 1988
De Sporen 1993
Gedichten 1948-1993, 1993
Wreed geluk 1999
De groeten 2002
In geval van nood 2004
Gedichten 1948-2004 (in cassette) 2004

PROZA

De Metsiers 1951
De hondsdagen 1952
Natuurgetrouw 1954
De koele minnaar 1956
De zwarte keizer 1958
De verwondering 1962
Omtrent Deedee 1963
De vijanden 1967
Natuurgetrouwer 1969
Schaamte 1972
Het jaar van de kreeft 1972
Jessica! 1977
Het Verlangen 1978
De Verzoeking 1981
Het verdriet van België 1983
De mensen hiernaast 1985
Een zachte vernieling 1988
De zwaardvis 1989
Belladonna 1994
Het laatste bed 1998
Verhalen 1999
Een slaapwandeling 2000
De romans (in cassette) 2004

TONEEL

Een bruid in de morgen 1955
Het lied van de moordenaar 1957
Suiker 1957
Mama, kijk, zonder handen! 1959
De dans van de reiger 1962
Tijl Uilenspiegel 1965
Thyestes 1966
Acht toneelstukken 1966
Het Goudland 1967
Morituri 1968
Masscheroen 1968
Vrijdag 1969
De Spaanse hoer 1970
Tand om tand 1970
Het leven en de werken van Leopold II 1970
Oedipus 1971
Interieur 1971
De vossenjacht 1972
Pas de deux 1973
Blauw blauw 1973
Thuis 1975
Orestes 1976
Het huis van Labdakos 1977
Phaedra 1980
Het jaar van de hond 1982
Serenade 1984
Blindeman 1985
Georg Faust 1985
In Kolonos 1986
Het schommelpaard 1988
Gilles en de nacht 1989
Onder de torens 1993
De eieren van de kaaiman 1996
De verlossing 1996
Visite & Winteravond 1996
De komedianten 1997

DE BEZIGE BIJ

Hugo Claus

Het jaar van de kreeft

EEN ROMANCE

ULYSSES

2006
DE BEZIGE BIJ
AMSTERDAM

Eerste druk 1972
Negenentwintigste druk 2006
Omslagontwerp Studio Jan de Boer
Omslagillustratie Hugo Claus
Foto auteur Klaas Koppe
Vormgeving binnenwerk Peter Verwey, Heemstede
Druk Hooiberg, Epe
ISBN 90 234 1955 3
NUR 301

www.debezigebij.nl

Incertitude, ô mes délices,
vous et moi nous nous en allons
comme s'en vont les écrevisses
à reculons, à reculons.

APOLLINAIRE

WINTER

1

Het meisje rook naar jodiumtinctuur toen zij langs Pierre schoof en vooroverboog bij de schminktafel waar Daan zijn spulletjes had gerangschikt. Zij zocht naar watten, zei zij, maar het leek een voorwendsel om in Daans kleedkamer te komen. Pierre zag haar in de spiegel vol vetvlekken, ansichtkaarten, telegrammen, foto's van Daan en zijn Dina en zijn twee zoontjes op het strand. Het meisje had kortgeknipt, slordig zittend zwart haar, een breed gezicht met koortsvlekken en groefjes om de ogen, plooien van een dubbele kin. Zij droeg een truitje met kanariegele en zuurstokrode strepen, een zwartgelakte minirok, laarzen met een sheriffster op de enkels. Haar grijze panty was gescheurd bij de dij.

Zij voelde Pierre's blik in de spiegel en meteen zette zij haar ogen wijder open, zij kreeg een hongerige en behaagzieke uitdrukking, alsof zij een of andere filmactrice nabootste.

'Wat is het hier heet,' zei ze tegen Pierre.

'Benauwd,' zei Pierre.

'Omdat ze die verwarming niet kunnen regelen,' zei Daan kribbig. Tussen de panden van zijn corduroy kamerjas was zijn buik zichtbaar, onwaarschijnlijk bruinrood van de hoogtezon.

Het meisje vond in Daans toilettas een pak watten. Zij beet

het cellofaanvlies stuk. Zij wist dat zij gave witte tanden had. Het leek alsof zij naar Pierre lachte.

'Ik wil die watten wel terug,' zei Daan.

'Ja hoor,' zei zij.

'Vandaag nog.'

'Ja, schat,' zei zij en toen zij wegging knipoogde zij naar Pierre.

Zij liet de deur openstaan, het gekef en gebabbel van de balletdansers en de figuranten op de gang drong in de kleedkamer door, samen met een geur van zweet en bodylotion.

Pierre nam met Daan de cijfers door van DAAN-O-RAMA, een tv-show die gedeeltelijk gefinancierd werd door de assurantie- en hypotheekmaatschappij waar Pierre werkzaam was. Toen wou Daan dat Pierre de begroting nakeek van een aannemer die Daans villa in Bergen zou verbouwen.

'Dat laat ik liever op kantoor controleren,' zei Pierre.

Daan was zijn vriend, zij tennisten samen, hadden dezelfde kennissenkring, waren ooit eens samen in Kopenhagen naar de hoeren geweest, Pierre flirtte vaak met Daans vrouw Dina, maar als het over geld ging kreeg Daan iets wantrouwigs, pinnigs en klaaglijks tegelijk. 'Ik ben je adviseur,' had Pierre al een paar keer gezegd, 'niet je accountant.'

Het meisje stond op de gang en vertelde een opgewonden verhaal over een auto-ongeluk. Haar driftige, schorre stem was te hard, alsof zij de aandacht wou van alle voorbijgangers, alle bewoners van het gebouw.

'Wie is dat? Dat meisje?' vroeg Pierre.

'Meisje!' zei Daan. 'Je lijkt wel een Amerikaan. In Amerika zeggen ze tegen tachtigjarigen nog "girls". En zij is over de dertig.'

Zij leek jonger. Alhoewel haar lichaam uitgezakt was. Zij keek af en toe in de richting van de kleedkamer.

'Toni heet ze,' zei Daan. 'Er is niks aan.'

Hij wreef lang en behoedzaam over zijn buik. Trok hem niet in zoals op het toneel, of op straat in het licht van de blikken van vrouwen.

'Ze hebben mij haar in de maag gesplitst voor de hele duur van de show. Ik had Bob gewild maar die zit bij de AVRO. Zij is eerste kapster, maar ik wil niet eens weten hoe ze dat geworden is, daar, bij *Hermes*. Zij kan niks, zij heeft handen van bronsgroen eikenhout.'

Het meisje kwam naar hen toe, gooide de watten op tafel.

'Ik moet weg,' zei ze. De vlekken op haar wangen en haar keel waren dieprood. Zij nam een glas bij de wastafel, haalde er de tandenborstel uit. 'Wil je een glaasje sherry?' vroeg ze. Uit een overvolle plastic tas haalde ze een fles te voorschijn.

'Nee,' zei Daan.

'Ik wel,' zei ze, schonk in en klokte het glas in twee slokken naar binnen. 'Hè hè,' zei ze, schraapte toen haar keel.

'Dit is Pierre,' zei Daan.

'Dag, m'neer,' zei ze, bijna verlegen. Haar hand was vochtig, zij trok haar meteen terug.

'Hoe gaat het met jou?' hoorde Pierre zichzelf zeggen, alsof hij haar al eerder ontmoet had.

Het verbaasde haar ook. 'Goed,' zei ze, 'goed, geloof ik.'

De scheur in haar panty verbreedde bij de knie. Door het ijle netwerk scheen wit, vol vlees.

'Nou, tot vanavond,' zei ze. 'Karel wacht voor de ingang.'

'Dan moet je Karel vooral niet laten wachten,' zei Daan lijzig.

Op de gang hoorden zij haar opgewekte jongensstem: 'Dag schat, dag meneer Hamel', roepen.

'Haar Karel slaat haar soms bont en blauw,' zei Daan. 'En met reden. Zij is een *prick-teaser*, onze Toni.'

Daan had een uitgebreide woordenschat van Amerikaanse uitdrukkingen. Van in de tijd dat hij als zestienjarige met het Amerikaanse leger naar Duitsland was meegetrokken. In die tijd was zijn carrière gestart, want zijn roeping had zich gemanifesteerd toen hij Bob Hope had zien optreden voor het Rode Kruis in Stuttgart. Dat zei hij in elk interview. Gewoonlijk zei hij erbij dat de humor en de menselijkheid van Bob steeds zijn voorbeeld waren gebleven.

'Blijf je naar de repetitie kijken?' vroeg Daan.

'Ik kom morgen,' zei Pierre. 'Morgen, beslist.'

2

'Vergis ik mij, of zie ik iets zeer moois geboren worden tussen jou en mijn kapster?' vroeg Daan. Voor de vijfde keer die week had Pierre hem in zijn kleedkamer van de schouwburg bezocht (en was toen naar de kapperskamer gegaan) onder zeer doorzichtige voorwendsels, zoals een onduidelijke clausule in Daans contract met de Bavaria-Televisie, of een aantal details, plots opduikende details over de verkiezing van een kandidaat van de Rotaryclub waarvan Daan lid was en Pierre de secretaris.

'Het zou kunnen,' zei Pierre.

'Je meent het niet,' zei Daan. 'En?' vroeg hij terwijl hij zijn duim tussen de knokkels van zijn wijs- en middelvinger stak, zijn vuist twee keer op en neer schudde.

'Nee,' zei Pierre en wou zeggen: Natuurlijk niet.

'Of?' vroeg Daan, likte met een walgelijke, ronde, roze tong aan zijn wijsvinger en bewoog de vinger met een snelle, zijwaartse beweging.

'Natuurlijk niet,' zei Pierre.

'Ik moet er niet aan denken,' zei Daan. 'Zoiets armoedigs. En dan die dunne beentjes. Nee.'

3

‘Soms kan ik Daan niet uitstaan,’ zei Pierre tegen Toni. Zij liepen in de winterzon, in een winkelstraat van Maastricht waar die avond Daans show MET DAAN NAAR DE MAAN in première ging. Zij sjouwden tasjes mee met cadeaus, een fles champagne voor Daan, een fles port voor Dickie, de hoofdinspeciënt, grammofoonplaten en sigaren. Voor Toni had Pierre een flesje parfum, *Vent Vert*, gekocht.

‘Dank je wel, schat,’ had ze uitgeroepen en toen, voor het eerst, had ze hem, vluchtig, bijna slordig, op de wang gekust. Hij wou, ook voor het eerst, haar arm nemen bij het oversteken, maar het ging moeilijk met de pakjes. ‘Schat’ had ze gezegd en hij dacht: Ik word opgenomen in haar wereld, haar onderwereld van schatten, schaduwen zonder gezicht, zonder naam, met verhevigde gebaren, gegiechel, eentonige uitbundigheid.

‘Ik vind Daan een náár, bekrompen iemand,’ zei Toni. ‘Zoals hij over jonge mensen praat bijvoorbeeld. Hij haat jonge mensen alleen omdat ze lang haar en baarden hebben. En hij zegt aldoor vervelende dingen over Karel.’

Zij had lang over Karel gepraat. Hij was eigenlijk goudsmid van beroep maar daar deed hij al jaren niets meer aan. Er worden zo veel mooie dingen gemaakt op de wereld, had hij gezegd, wat zal ik daar nog aan toevoegen? Karel had ook iets van een misdadiger, de meeste mensen konden hem niet uitstaan omdat hij zo agressief was tegen iedereen. Maar zij zou hem nooit in de steek laten. Want zij hield van hem.

'Omdat hij een misdadiger is?'

'Misschien,' zei zij. 'Nee, omdat hij mijn man is en de vader van mijn kind. En omdat hij mij ontmaagd heeft.'

In een met zilverpapier behangen winkeltje vol efeben dwong zij hem een lang, zijden Indisch sjaaltje te kopen. Zij knoopte het om zijn hals, schikte het.

'Sta toch stil,' riep zij. 'Sta niet zo te trillen.'

Toen hij achter haar aan liep, op het te nauwe voetpad, langs de auto's en de fietsers, zag hij dat weinig mannen naar haar keken, dat zij inderdaad te dunne benen had, met te dikke knieën en holle dijen. Zij liep met grote stappen, met gekromde schouders alsof zij haar nogal platte borsten wilde verbergen. Haar haar zat tegen haar schedel geklit, alsof zij net een douche genomen had. Zij ontroerde hem.

Toni keek naar hem om. 'Wat gezellig, hè?' riep zij boven het geraas van de auto's uit. Later, terwijl zij Daan met pancake bewerkte en Daan klaagde dat er te weinig pers in de zaal zat en vitte op de geluidsinstallatie en snauwde dat zij moest opschieten, keek ze de hele tijd medeplichtig glimlachend naar Pierre in de spiegel. Daan merkte het en stuurde haar weg. Zij streek even over Pierre's schouder toen zij de deur uitging. Evelyn kwam in haar plaats, een welige blonde met witte wimpers. Daan zei: 'Evelyn, voortaan wil ik alleen maar door jou geschminkt worden.'

'En Toni?' vroeg Evelyn.

Pierre wachtte.

'Toni kan de pot op,' zei Daan uitdagend.

Pierre antwoordde niet. De première was een succes. Het olijke luisterlied, de diepmenselijke ironische toetsjes in de conference over luchtvervuiling brachten ovaties op. In de coulissen waar Pierre naast de geluidsman stond, en waar Daan heensprong tussen twee liedjes, zaten Evelyn en Toni klaar met Kleenex en make-up. Zij betten de bezwete Daan die siste: 'Ik zal ze krijgen, de slijmerds, de hufters.' Hij luisterde aandachtig naar het applaus en stoof dan weer, breedlachend, verend op de maat van de nieuwe introductietonen, naar de gonzende zaal.

De brandweerman die met open mond Daans verrichtingen volgde, bood de kapsters zijn stoel aan, achter zijn kijkgaatje in de gordijnen. 'Ga jij maar zitten,' zei Toni tegen Pierre.

Zij legde haar klamme hand in de zijne en liet zich op zijn schoot zakken toen hij haar naar beneden trok.

'Schoft,' zei ze zachtjes. Haar billen pletten zijn dijbeen dat warm werd. Af en toe werd hij contracties van haar kut gewaar, zij bleef hoogrood naar Daan staren die in een zilverlamé smoking een tapdans uitvoerde tussen krols krijtende danseressen in veren. Toni's haar rook naar goedkope zeep en naar iets bitters. Pierre wreef zijn neus tegen het dunne nekhaar, tegen de verhitte oren.

4

Na Daans triomf en het overvloedig diner bij *Au Coin des Bons Enfants* en twee nightclubs sjokte het vermoeide, uitgelaten gezelschap naar een sociëteit. Toni liep op kop, zwaaide Pierre's hand in de hare. Een grauwe, uitgemergelde man fietste naast hen. Hij had zijn leven verteld toen Toni en Pierre even frisse lucht hapten in de deuropening van de laatste nightclub. Het verhaal over zijn maritieme avonturen en zijn gevecht met het Pensioenfonds was in incoherent geweeklaag geëindigd.

'Niemand vraagt mij ooit eens mee,' zei de grauwe reiger, 'jonge mensen zijn egoïstische schoften, ik kan er toch niets aan doen dat ik toevallig veel eerder geboren ben.' – 'Je mag met mij mee,' had Toni geroepen, 'iedereen mag altijd met mij mee. Als je maar onze bloemen draagt.'

De grijsaard reed met één hand, met de andere klemde hij bergen rozen tegen zijn borst.

Zij hielp hem de fiets de trappen van de sociëteit op sjouwen, eenmaal boven reed hij op zijn fiets naar de bar, tussen de fauteuils. Toen de portier hem wegjoeg, huilde de fietser en kreeg Toni de slappe lach. Pierre hoorde de fiets de trap afdonderen, de man kletterde de trap af, kermend: 'Ik kom terug, met mijn hond. Wacht maar.'

Toni hikte nog na. 'Ik kom niet meer bij,' zei ze. 'Luister.'

Buiten schopte de man tegen zijn fiets, vervloekingen brakend over de jeugd van de planeet.

Toni dronk haar zoveelste glas leeg. Zij nipte nooit. Een glas was drie slokken. Daan lag tegen de bar, omstrengeld door een ballerina, en keek hen aan over haar schouder.

'Denk je dat Daan verliefd op mij is?' vroeg Toni.

'Dat merk je toch zelf, zoiets,' zei Pierre.

'O, God,' zei ze. 'Hoe moet dat dan? Want ik wil hem geen verdriet doen. Aan de andere kant heb ik er genoeg van andermans moeilijkheden op te lossen. Ik ben niet van het Rampenfonds.'

Pierre kreeg een wee gevoel in zijn maag. Hij dronk nooit zoveel. De pianist aan de bar speelde *Misty*. Pierre hoorde zichzelf tegen Toni praten, dringend, verward, het leek op het gewauwel van de man met de fiets. Zij luisterde met moeite, was in een melancholieke, lijdzame bui. Hij vertelde haar over zijn vrouw, van wie hij veertien jaar geleden gescheiden was, over zijn moeder met wie hij samenwoonde in Amstelveen, over iets wat hem op dat ogenblik, nu, eindelijk nu, in de schreeuwerige, dampende bar als zeer onthullend voorkwam, namelijk dat zijn vader hem toen hij zestien was een viool cadeau had gegeven. Hij had eindeloos gezeurd om een viool, hij wou niets anders op de hele wereld en hij had gebeefd van blijdschap toen hij de viool in zijn handen klemde. En toen zei zijn vader, dat hij er vooral voorzichtig mee moest zijn, want dat het een heel duur ding was en hij had, voor de ogen van zijn vader die hem aankeek alsof hij een krankzinnig monster had verwekt, de viool aan stukken geslagen. Het was Pierre onduidelijk waarom, precies nu, dat incident hem als de sleutel voorkwam van al zijn gedragingen sindsdien, het had te maken met een gevoel van alles of niets, zei hij tegen Toni, en dat alles wilde hij in zijn eigen termen; als hij iets wou, wou hij het helemaal.

'Wat wil je eigenlijk?' zei Toni, wat geïrriteerd.

Zonder adem te halen, vanzelfsprekend, zei Pierre: 'Jou.'

'Mij?'

'Ja, jou, niets anders.'

Zij was stil. Toen zei zij, bijna als een vraag: 'Ja.'

'Waarover hebben jullie het?' vroeg Daan.

'Over Vietnam,' zei Pierre.

'Toni houdt niet van mij,' zei Daan en kietelde haar nek met een tulp. 'En ik niet van haar.'

'Daan, je vriend is wel een brutale hond,' zei Toni vrolijk. 'Ik dacht dat hij een stille vennoot was, maar wat ik daarnet heb moeten aanhoren, nou –'

'Wat dan?'

'Dat zeg ik je niet.'

'Ben je verliefd op hem?' vroeg Daan.

'Ik zou het kunnen worden als ik dat zou willen,' zei Toni.

'Weet je wat jij moet doen, sloerie,' zei Daan, 'dat is je vooral niet buiten je eigen gore troepje slapjanussen begeven.' Alsof hij op iets bitters kauwde grijnsde hij en wankelde weer naar de bar.

'Je handen zijn klam,' zei Pierre.

'Omdat ik op van de zenuwen ben,' zei Toni.

'Hoe komt dat?'

'Ik weet niet wat ik heb.'

Pierre danste met Evelyn die met een gepunte vingernagel in zijn navel krabde. Terwijl Toni wijdogig, afstandelijk, naar hen staarde, dacht hij (terwijl hij de zwartharige wou omklemmen, uit haar inerte geslotenheid halen): Als ik de nacht met Evelyn doorbreng, is het makkelijker, vast en zeker opwindender, zij wil zo graag, het is satijnen, roomkleurig, overtollig vlees, een nachtje zonder remmen, vol gedein en gegrabbel en gelach. Alleen is het te makkelijk.

Hij vroeg aan Daan, die papierwit en met zonderling uitpuilende ogen aan de bar zat, of hij Evelyn meenam.

'Ach, waarom?' zei Daan.

'Kom mee,' zei hij tegen Toni. En op straat: 'Ik wil het nog wat uitstellen.'

'Ik ook,' zei zij. In het daglicht zag zij er breekbaar uit, lijntjes van vermoeidheid rond haar mond en haar ogen. In een café aan het Vrijthof, tussen koffiedrinkende handelsreizigers, zei zij terwijl zij met moeite uit haar glas champagne dronk: 'Wil je mij nog?'

'Meer dan daarnet.'

'Ik ook,' zei ze en toen: 'Je moet niet zoveel drinken.'

Het hotel was verlaten, een werkstudent gaf hun de sleutels. 'Wil je eerst nog naar je kamer?' vroeg Pierre.

'Ik kan beter meteen met jou meegaan.'

Zij plofte neer op het bed. De ramen gaven licht. Zij stak een sigaret op, hij gaf haar vuur en toen ze twee trekjes had genomen nam hij de sigaret uit haar mond, doofde haar.

Zij kusten, zij gromde iets onduidelijks, maakte zich los.

'Schat, ik moet even gaan zitten.'

Hij dacht dat zij misselijk geworden was maar het was een term voor plassen. Hij hoorde dat zij eerst de kraan van de wastafel liet lopen. Toen ze terugkwam kleedde zij zich uit alsof zij alleen was, snel en efficiënt, en keek hem niet aan en kroop onder de lakens. Toen hij tegen haar aan lag, tegen het vervormde gezicht met de sporen van schmink, de adertjes in het oogwit en de wangen, de gave tanden, en haar kuste, streelde, een paar uur lang bleef zij bijna roerloos liggen. Af en toe aaide zij zijn schouder. Zij zei, lachend, rustig: 'Ik vind je verschrikkelijk aardig. Ik kan niets anders verzinnen dan dat ik je zo aardig vind.'

Zei: 'Ik doe dit nooit. Ik ben trouw.'

Zei: 'Dit is de wonderlijkste nacht die ik ooit heb meegemaakt.'

Hij verkende en kuste haar lichaam, de stoppeltjes van haar oksels, de onaanzienlijke borsten die onderaan een dubbele plooi hadden, de dikke, harde, dieproze tepels, de weke buik, de bijna haarloze kut, lauw en glad als gummi. Hij kuste meteen daarna haar mond. Zij aanvaardde het, alsof zij door een vriendin gekust werd in de kapperskamer. Hij dacht korzelig aan de bezorgde manier waarop zij hem geadviseerd had, als een ervaren minnares eerder dan als een vriendin, om niet zoveel te drinken. Geluidloos blafte hij: Streel me dan, trut! en nam haar hand en leidde haar, maar zij bleef wat achteloos met drie vingers in zijn schaamhaar krabben (zoals ze soms minutenlang aan een of ander katoenen stofje kon friemelen), en zijn erectie verzwakte, verdween.

'Hé,' zei zij.

'Ja, hé,' zei hij.

Hij likte het lichaam dat zij, zonder behagen, als gedachteloos, als op het strand, uitstalde. Hij rekte haar open, vond een dikke, weke knobbel op de binnenwand van haar billen, zag boven de roze bult een spierwitte streep, vlak naast het gekartelde kratertje van haar vagina, en het ontroerde hem, dit gekwetste, misvormde merkteken.

‘Je hebt het mooiste kutje dat ik ooit gezien heb,’ fluisterde hij.

‘Nee,’ zei zij. ‘Vroeger was het mooi. Maar toen ik het kind kreeg hebben ze ’t verkeerd gehecht. En daarna kreeg ik aambeien. Het doet vaak zo’n pijn.’

‘Ik hou van jou,’ zei Pierre.

‘Ik van jou,’ zei zij. ‘En jij hebt ook de mooiste die ik ooit gezien heb. Gewoonlijk kijk ik er niet naar bij mannen.’

‘Maar als je niet keek, hoe kan je dan weten dat het mooier is bij mij?’

‘Nou ja, ik keek wel stiekem. Gewoonlijk is het rood of blauwig, met van die aders. Bah. – Weet je, ik kan het wel weer hard krijgen, als ik zou willen. Zoals andere vrouwen dat kunnen.’

‘Probeer het dan.’

‘Nee,’ zei zij meteen, en als een bijgedachte: ‘Nee, bij jou wil ik dat niet.’

Zij streelde zijn rug, zijn heupen, met meer aandacht. Een bijna passieve begeerte werd weer wakker in hem.

‘Nu,’ zei zij, ‘nu moet je,’ zei ze wat ongeduldig.

Zij sloeg haar benen om zijn middel, knorde: ‘Ja, ja, ja,’ maar er was geen verlossing, geen verlichting bij haar toen hij hijgend op haar klamme buik viel.

‘Je hebt gewonnen,’ zei zij.

‘Hoe bedoel je?’

‘Ik voelde iets,’ zei zij, ‘het kwam bijna, er vlak tegenaan.’

Toen het kamermeisje aanklopte verborg zij zich onder de lakens. ‘O God,’ riep ze, ‘het is Daan.’

Zij kleedden zich aan. ‘Ik dacht niet,’ zei zij slaperig, ‘dat dit me nog zou overkomen, op mijn tweeëndertigste.’

'Wat dan?'

'Iets als jij. Wat jij in mij hebt aangericht.'

'Over een paar uur ben je in Zwolle,' zei hij.

Zij herkende de melancholie, keek verrast op.

'Hé, laten wij het vooral vrolijk houden.'

'Ja,' zei Pierre.

'Vind je mij nog aardig?'

'Het gaat wel. En jij?'

'Ik wel. Ik verberg het niet.'

Toen zij wegging keek zij eerst in de deuropening of er niemand die ze kende op de gang liep. Alsof ze dit altijd deed in dergelijke gevallen.

Daan stond in de lift. In het grijze licht zag hij er tien jaar ouder uit. Met een verachtelijk grijnslachje dat zijn hele gezicht scheeftrok. 'Toni is lief, hè?'

Pierre knikte.

Beneden, in de hall van het hotel, zat Toni tussen de danseressen, zij at vla met abrikozen en dronk er cognac bij. In profiel leek zij op een jonge indiaanse squaw, de haartjes op haar bovenlip blonken van het zweet. Toen hij naast haar ging zitten boog zij zich naar hem toe, fluisterde in zijn oor: 'Dank je. Dank je voor de mooiste nacht in mijn leven.'

Hij wuifde naar haar bij de draaideur, maar zij vertelde al een hees, schreeuwerig verhaal aan de anderen.

5

Het kind dreinde door de telefoon. Pierre hield de hoorn heel dicht tegen zijn oor geplet, alsof hij, als in een hoorspel, door de achtergrondgeluiden Toni's huiskamer kon oproepen, maar er was alleen het kind.

'Zij vraagt of je een rood fietsje voor haar wil kopen,' zei Toni. 'Wat leuk dat je me opbelt. Wat had je gedaan als Karel had opgenomen?'

'Naar jou gevraagd.'

'Brutale hond.'

'Wat doe je?'

'Ik drink sherry. En jij?'

'Ik luister naar jou.'

'Wat denk je?'

'Wat jij denkt.'

'Muisje,' zei ze nijdig. 'Mama praat nu. Ga spelen.'

'Wat heb je aan?'

'Mijn gele jurk.'

'En eronder?'

'Mijn rode broekje.'

'Hetzelfde?'

'Ja. Maar ik heb het wel gewassen, sedert eergisteren.'

'Ben je geschminkt?'

'Alleen mijn lippen. Hou je van geschminkte vrouwen?'

'Ja.'

'O. – Karel is gaan biljarten.'

'Wat is dit geluid?'

'Je geeft me een kusje door de telefoon.'

'Ja. Ik heb dit niet meer gedaan sinds mijn vijftiende jaar.'

'Dat zal wel.'

'Hoe voel je je?'

'Nu goed. Toen je weg was in Maastricht had ik een geweldig gevoel, het was heel leuk en toen, later, toen ik weer thuis was ging het weg.'

'En nu?'

'Nu komt het terug.'

'Zal ik naar je toekomen?'

'Nee. Nee. Dat wil ik niet. Niet in mijn huis. Dat doet Karel ook niet, als hij iemand anders heeft.'

'Heeft hij vaak iemand anders.'

'Jawel. Hij heeft toch niks aan mij in bed. Wat moet hij anders? Het enige wat ik vraag is dat hij eerst een douche neemt als hij in bed komt.'

'Denk je soms aan die nacht?'

'Ja hoor. Ik moest wel vreselijk lachen, toen het niet lukte bij jou. Ik dacht: Voor één keer dat ik vreemdga en Karel belazer, val ik op zo een. Een die net is als ik. Ik dacht dat ik niet meer bijkwam. Ik moet nu ophangen, schat, want Muisje wordt vreselijk lastig.'

'Dag, schat,' zei Pierre met haar intonatie.

6

Vier dagen later had hij 's avonds een afspraak met haar voor het Noord-Zuid Hollands Koffiehuis, maar toen hij erin wou, rennend in de bittere ijswind, bleek het dicht te zijn op zondag. Hij bevroor, zijn ogen traanden, hij danste heen en weer. Zij was een halfuur te laat, toeterde en hij sprong in haar vw-bus.

'Arme schat,' zei zij en trok hem boven op zich. Zij overlaadde hem met vlugge, natte kusjes als een kind.

Hij warmde zijn hand in zijn kruis en schoof die toen over haar harde tepels.

'Karel zei dat hij naar het voetballen zou kijken bij Hans, maar hij ging maar niet weg, en ik zat de hele tijd te popelen. Waarschijnlijk zag hij het, hij kent mij door en door. Wat heb jij gedaan al die tijd? Heb je geneukt?'

'Nee. Jij?'

'Dat zeg ik niet.'

Zij reden in de richting van haar huis, want zij had het kind alleen gelaten. Op de hoek van haar straat stopte ze.

'Dank voor het ritje,' zei hij.

'Niet zo somber. Ik zie je straks meer dan genoeg. Wij hebben al de tijd voor ons. Weet je, ik denk de hele tijd dat je mij in de maling genomen hebt in Maastricht. Dat je alleen maar wou kijken of ik me zou laten versieren. Jongen, als je mij in de maling genomen hebt...'

‘Wat dan?’

‘Ik zou het niet kunnen verdragen.’

Pierre streelde haar jas van namaakpanter. Zij wroette met haar neus in zijn nek, zuchtte. Haar buik deinde. Zij wekte verdriet in hem, tederheid en tegelijkertijd was zij een vreemdelinge van wie de eigengereide geslotenheid hem ergerde en verwarde.

Nee, ik ben het eerder die een vreemdeling blijft, dacht hij, zoals bij elke vrouw. Zij is geen uitzondering, dacht hij terwijl hij in de vrieswind naar zijn auto terugholde.

7

Cecile, Pierre's moeder, borstelde haar haar. Te snel en te hard, dacht Pierre, terwijl hij haar gebruind, energiek figuur in de bordeauxrode kamerjas bewonderde.

'Het liefst verf ik het weer blond,' zei Cecile, 'maar dan moet je er altijd zo gezond uitzien, en 's morgens... En asblond is zo treurig. Wat vind je van auburn?'

'Wat is er, Sis?' vroeg Pierre.

'Wat is er met jou?' vroeg ze meteen. 'Oké. Zeg het me maar niet.'

'Ik denk eraan een huis te huren in Amsterdam,' zei Pierre. 'Vier kamers op de Leidsegracht.'

'Ja,' zei zij en liet haar borstel zakken. 'Ik vermoedde al zoiets.'

'Ik blijf wel in Amstelveen tennissen met jou,' zei Pierre licht.

Zij lachte zonder vreugde.

'Wat is het voor iemand?' vroeg zij. 'Is zij mooi?'

'Ik vind haar heel mooi. Misschien te veel het dramatische type voor jou.'

'Is zij aardig? Lief?'

'Nee,' zei Pierre. 'En het is, geloof ik, niet zo ernstig tussen ons.'

'Toch genoeg dat je mij in de steek laat.'

‘Kom nou, Sis.’

‘Of dat je in één uur twaalf keer *Misty* speelt op de piano.’

Hij barstte in lachen uit, zij deed niet mee, kreeg een grimmige, verloren uitdrukking op haar gaaf, zachtglimmend gezicht.

‘Hoe oud is zij? Wat doet zij?’

‘Zij is tweeëndertig, geloof ik. En zij is kapster.’

‘Juist,’ zei Cecile en zij glimlachte. Zoals zij waarschijnlijk geglimlacht had naar zijn onbetrouwbare, kinderachtige vader, de hoererende autohandelaar die twintig jaar geleden naar Oostenrijk of Joegoslavië was gevlucht. Zij had al zijn foto’s verbrand behalve een kiekje uit de tijd van hun verloving dat zij in hartvorm had uitgesneden en dat in haar juwelenkistje lag, elk jaar iets bleker en bruiner.

8

MET DAAN NAAR DE MAAN ging voor uitverkochte zalen en vaak reisde Pierre naar de steden in de provincie waar het gezelschap overnachtte, en hij wachtte in de hotelkamer op Toni tot de voorstelling afgelopen was. Soms, op een kamer van de eerste verdieping, hoorde hij in de bar vlak onder hem het geroezemoes van de dansers, de lijzige, dronken wordende stem van Daan en het schelle, schreeuwerige geluid van Toni. Dan, later, steeds te laat, vulden haar hoekige bewegingen, haar opgewonden en vermoeide kreten de kamer.

'Iedereen vond mij ongezellig,' zei ze, 'iedereen wou doorzakken, ze begrepen niet waarom ik zo vroeg naar bed wou.'

Hij streelde, kuste, wreef over het beminde lichaam dat met moeite bewoog. Na uren, toen hij niet meer wachtte op een mirakel in haar lijf, stootte hij door.

'Ja,' zei ze hees, 'kom nou. Blijf mij aankijken.'

Haar gezicht veranderde, met spleten van ogen die gezwollen waren en volgekoekt met schmink, met volle lippen die borrelende geluidjes voortbrachten. Zij klemde zijn wangen tussen haar harde jongenshanden, en keek.

'Het leek op een kwelling,' zei ze. 'Als ik niet wist dat je 't leuk vond, zou ik denken dat je gemarteld werd, of dat er iets verschrikkelijks met jou gebeurde.'

Toen hij hijgend aan haar borst lag, duwde zij de andere

tepel in zijn mond, en zei: 'Die is ook van jou.'

Op een morgen zei ze: 'Ik voelde iets wat ik nog nooit gevoeld heb. Het was heel kort, maar het was er.'

Hij stond bij het raam dat uitkeek op het station van Arnhem, het daglicht deed de neonbuizen van de reclames verbleken, de eerste arbeiders gingen in rijen naar het station.

'Het is gek,' zei ze, 'maar door dat gevoel, toen je in mij was, merkte ik dat ik heel dicht bij jou kwam, dat ik je helemaal vertrouwde. Nou, als dat geen liefde is, dan weet ik het niet.'

'Zeg mij iets,' vroeg Pierre gedempt, voorzichtig, 'dat je nog nooit aan iemand anders hebt gezegd.'

Zij keek somber voor zich uit, trok haar knieën op, leunde met haar rug tegen de wand, at een toost met zalm van de vorige avond, wreef haar handen af aan de sloop, aarzelde, zei: 'Mijn grootste geheim, en dat durf ik nooit te zeggen, is dat ik er niets aan vind. Wat je ook met mij doet als je met mij ligt te vrijen, ik vind er niets aan, ik voel niks. Nooit gevonden. Nee, toch wel, één keer, toen Karel mij ontmaagdde. Toen ging ik boven op hem liggen en toen gebeurde er iets geweldigs, ik dacht dat ik niet meer bestond. Daarna nooit meer. Met niemand. Ik deed altijd alsof. De meeste mannen merkten er niets van. Karel weet het wel, maar wij hebben het er nooit over. Als mijn vriendinnen het er over hebben, zoals Nicole en Nadja die er ook last van hebben, dan hou ik mijn mond. Alsof het niet mijn probleem is. Ik denk dat ik het mee zal nemen in mijn graf, mijn geheimpje.'

'Maar nu weet *ik* het.'

'Ja. Dat wil ik ook, dat jij alleen het weet.'

Toen kreeg zij de slappe lach, en het kelig, gorgelend geluid ging over in een overdadig gehuil. Zij gooide zich tegen hem aan, perste haar gezicht tegen zijn buik, omklemde zijn ribben. 'Hoe moet dat dan met ons?' snikte zij. Hij streelde haar haar, werd week in zijn maag, likte haar tranen weg.

'Ik denk er elke dag aan,' zei zij heel stilletjes.

'Als jij er iets aan zou doen, als jou dat zou lukken, zou ik alles in de steek laten, jou volgen waar je ook was.'

'Daar zal ik je aan herinneren als het zover komt,' zei Pierre.

'Zo vlug mogelijk,' lachte zij.

9

Pierre kocht vier handleidingen over seksueel geluk in het huwelijk, bestudeerde aandachtiger dan ooit een financieel verslag de houdingen, de te treffen voorzieningen, de techniek, wat men moest vrezen, waar men op moest vertrouwen.

'Doe je het soms zelf?' vroeg hij aan Toni.

'Natuurlijk niet,' zei zij.

'Nooit?'

'Hooguit drie keer per jaar.'

'Hoe doe je het dan?'

'Met mijn hand. Soms met de hoorn van de telefoon. Zielig, hè?'

'Nee,' zei hij en citeerde: 'Hoe wil je dat je minnaar weet wat je lekker vindt als je 't zelf niet weet.'

'Ik haal het niet, ik kan het niet,' zei Toni na uren vertwijfeld geëxperimenteer waarbij hij dacht: nu moet ik de binnenkant van de dijen krabben, nu moet ik de vouw nog natter maken, nu is de zijkant van de hand gunstiger dan vingers, waar is de verdoemde clitoris nu?

'Er is iets in mij dat niet wil,' zei zij. 'Nu wil ik slapen.'

Op een nacht dat zij half sliep, wat gewillig met hem meedeinde en toen zijn hoofd naar haar onderbuik leidde en hij, onvermoeibaar terwijl hij een kramp in zijn kinnebak kreeg, bleef kussen, schokte haar kut ineens heftig, als een onafhankelijk, nat, week dier tegen zijn lippen.

'O, God, o, God,' riep Toni, 'nee, nee, o, Jezus!' Zij rukte hem naar boven. Met een geknepen, kinderlijk stemmetje zei ze: 'Het kwam. Weet je hoe? Ik dacht dat ik jou nooit, nooit meer zou zien en dat vond ik zo vreselijk verdrietig dat er als het ware een golf door me heen trok. O, God, schat. Ik wil het nog een keer. Maar nu moet jij in mij komen.'

Een van de handleidingen had het gebruik van een kussen aanbevolen. Hij scharrelde met een kussen tot het onder haar billen lag, want zij begreep niet wat hij ermee wou. Het kussen was te zacht, te plat, zij gleden ernaast.

'Laat maar,' zei ze, 'ik wil het al niet meer.'

Hij hield van haar plotse nukkige trekjes, waarmee zij een emotie verwerkte en vernietigde, maar tegelijkertijd voelde hij het als een gebrek, een leemte. Zij zong iets Frans, zei: 'God, ik zal dit nooit vergeten. Hier zal ik, wat er ook met ons gebeurt, altijd aan terugdenken later,' zei zij.

Alsof zij zich al op hun verleden voorbereidde, voor later. 'Dat komt omdat ik een Kreeft ben,' zei ze, 'Kreeften zijn zo, verleden-ziek.'

10

De nachten waarin haar leerschool werd uitgebreid, brachten zij voornamelijk in provinciehotels door, of in de kamer die Pierre in het Americain Hotel betrok. Het waren koortsige uren. Zij dronken te veel en er heerste een spanning tussen hen die zelden uitmondde in rust, gemak, vertrouwen. De heftige manier waarop Toni zich op de ontdekking van wat er met haar lichaam gebeurde stortte, maakte haar soms gedeprimeerd of uitgelaten, hij kon de grillige buien niet voorzien of verwerken. Zij jutte zichzelf koppig op, tot ze, bijna met verbetenheid, of vlak bij wanhoop, haar hoogtepunt bereikte. Elke keer was hij trots, blij, alsof hij een doelpunt had gescoord.

'Als je het voelt komen,' zei hij, 'moet je mij een seintje geven.'

'Waarom?'

'Dan kom ik ook. Samen met jou.'

'Het zou me afleiden,' zei ze, 'ik ben zo druk met mezelf bezig.'

'Nou roep dan, als het komt, hoera, een goal!'

'Nee,' zei ze. 'Overigens moet ik niet aan jou denken, want ik heb gemerkt dat het dan makkelijker komt.'

De nachten leken op elkaar. Er was een vast patroon zonder al te grote verrassingen of teleurstellingen. Zij nam een douche in de hotelkamer, waste haar haar onder de dampende straal met een verwrongen, scheef gezicht met dichtgeperste ogen, het schuim vlokte over haar schouders, over het schamel schaamhaar. Hij stond klaar met de badhanddoek en het kwetste hem elke keer, dat zij zo opgeslorpt was in haar bezigheid dat zij hem vergat, dat zij schaamteloos naakt stond, haar buik uitstak, haar benen spreidde zodat het water dat van haar kruis stroomde uit haar leek te komen, en dat hij er niet als een mogelijke minnaar of een voyeur of een persoon die door haar lichaam ontroerd of opgewonden kon worden stond, maar als de kapstok van een badhanddoek. (Hij ging niet met haar onder de douche omdat zij verteld had dat een van haar vroegere mannen altijd onder de douche wou vrijen en dat zij dat wel opwindend vond.)

Eenzelfde afwezigheid van gêne, die scherp contrasteerde met haar ineengedoken en passieve houding tijdens het vrijen, had hij opgemerkt toen zij eens bij haar vriendin Nadja van truitje verwisselde en met naakt bovenlijf door de kamer liep, terwijl er een behaarde student op de sofa zat, die, toppunt van ergernis, met moeite naar haar keek. Soms liep ze, omdat het te heet was, alleen in haar broekje en bh in de kleedkamer van Daan die met een paar orkestleden zat te toepen. Ook zij vonden de uitstalling van haar buik, haar navel, 'gewoon', en het ergerde Pierre dat hij zich daaraan ergerde.

Na de douche aten zij samen de hors-d'oeuvres variés die Pierre besteld had, dronken zij champagne of rode wijn.

(Na een week koos Pierre een goedkopere Beaujolais want zij merkte toch niet wat zij dronk.)

Dan kletste zij tot zij uitgeput raakte. Over haar man, over haar vroegere mannen, over haar verbazing hoe anders zij werd, hoe zij gewaar werd dat hij iets in haar wakker had gestreeld, hoe onzeker zij was omtrent haar echte gevoelens tegenover Pierre.

Toen volgde gewoonlijk de uitputtingsslag in bed, het fanatiek gewrijf, gehijg en haar lijdzaam ondergaan van Pierre's bedrijvigheid, en hij ging niet gelijk met haar op, maar zocht de plekjes bij haar en concentreerde zich daarop tot hij, als een uitvoerder van een plan, toekeek hoe zij zich overgaf aan haar opgezwiepte lichaam, en kermde. Ineenzakte.

'Jezus Christus,' gromde zij soms.

Of: 'Godverdomme, dit kwam te vlug.'

Of: 'Ik kan niet meer.'

Of: 'Ik kan niet meer dan één keer,' terwijl zij in een kramp en zelfgericht opnieuw probeerde en het dan in de steek liet, onaf liet en met wijde ogen, onbeweeglijk naast hem lag, en wachtte. Op iets. Of op Pierre.

'Wat is er?'

'Niets,' zei zij. Begon weer aan een monotoon, log verhaal. Over haar moeder of haar kind.

Op een nacht bonsde iemand uit de belendende kamer op de muur en riep: 'Ruhe, verdammt noch mal. Ruhe.'

Zij brulde terug: 'Maul halten,' zette de radio harder aan, sloeg haar benen om Pierre's middel en riep: 'O, komm, du Lieber, komm zu deine Toni.'

Na de nacht werd zij wakker met een kater of met een ochtendhumeur dat wegebde in de ontbijtzaal waar de obers soms medeplichtig lachten naar Pierre om haar verwarde, verzaligde loomheid. Zij zat ongemakkelijk, schichtig aan de tafel met de hagelwitte lakens, gooide een glas sinaasappelsap om. Of haar Gauloise brandde een gat in het laken.

11

Op een avond, in het Noord-Zuid Hollands Koffiehuis, zei Toni dat zij de laatste dagen overwogen had om Karel te verlaten en met Pierre mee te gaan.

'Maar dan wil ik ook weg uit Amsterdam,' zei zij.

'Goed,' zei Pierre.

Zij begon heftig te huilen.

'Maar ik kan het niet, ik wil het maar ik zal het toch nooit doen. Wat heb jij mij aangedaan? Je hebt mijn hele leven op losse schroeven gezet. En ik durf het niet.'

'Wat niet?'

'Iets bindends met jou. Het zou hooguit een paar jaar kunnen duren. Het kan nooit goed gaan. Niemand houdt het uit met mij.'

Zij wreef haar gezicht droog met haar mouw.

'Hou je van kermissen?' vroeg zij.

'Nee,' zei hij.

'Zie je wel,' riep Toni. 'Ik ben dol op kermissen.'

'Op school moesten wij opstellen schrijven,' zei Pierre, 'over de vrolijkheid van de kermis op het dorpsplein vergeleken met de eeuwige treurnis van het kerkhof ernaast. Misschien dat dit nog in mij doorwerkt.'

'En 's avonds gewoon thuis zitten niksen, naar de tv kijken, een drankje drinken of kaarten, hou je daarvan?'

'Natuurlijk.'

'Zonder dat je iets anders hoeft?'

'Wat anders?'

'Pierre, je weet precies wat ik bedoel. Jij wil iets anders van mij. Het hoeft niet meteen neuken te zijn, maar je stelt je iets voor van liefde waar ik geen weet van heb. Ik heb het gevoel dat ik iets met die liefde aan moet, er iets aan doen en ik weet niet wat.'

'Ik stel mij daar niets van voor,' zei hij. Het klonk bitterder dan hij wou.

'En Muisje?' zei Toni mat.

'Ik wil een huis huren,' zei Pierre, 'daar heeft ze dan een kamer.'

'Nee!' riep Toni, meer geschrokken dan blij.

Zij praatten over een huis, haar kamer, zijn kamer, de kamer van Muisje. Ondertussen nam zij een koffielepeltje van het witte poeder dat een bevriende medische student voor haar bereidde, op basis van benzedrine.

12

Toni zei: 'Ik heb ze gisteravond op een rijtje gezet, mijn mannen. Het zijn er veertien. Is dat veel voor iemand van tweeëndertig? Maar de meesten zijn er van één keer en daarna nooit meer. Hoeveel vrouwen heb jij gehad? Nee, ik wil het al niet meer horen; als je 't mij niet meteen wil vertellen, hoeft het al niet meer. De eerste was Karel en toen ik hem ontmoette in een café, ik was toen twintig, dacht ik: O, God, laat ik maar nooit verliefd worden op zo iemand. Maar ja hoor, na zes maanden, toen hij mij elke dag zag en verliefd was op mij zonder dat ik iets wou toegeven, toen werd ik het. En prompt, toen hij mij ontmaagdde, kreeg ik een kind, en heb ik het laten wegmaken, met toestanden, weg van huis, en toen er een infectie kwam ben ik maar weer naar mijn moeder gegaan, Karel wou ik er niet eens bij hebben, ik heb hem nog geld gegeven om te verdwijnen, want hij wou in die tijd met zijn vriendjes naar Parijs.

Na een tijdje is Karel weggelopen met een vriendinnetje van mij, en was ik met Leo die toen problemen had met seks en dat vond ik niet eens onprettig want dat leidde de aandacht af van mijn problemen met seks en ik heb hem kunnen helpen, met mij lukte het wel bij hem, in ieder geval in het begin, want later gingen wij bijna niet meer naar bed samen, ik bedoel, wij neukten soms maandenlang niet en dat kwam mij goed uit, ik had het gezellig met hem, maar wij dronken te veel en dan kregen we slaande ruzie en moest ik hem achternahollen als hij in het water wou springen. Maar hij zag er goed uit, hij heeft prachtig haar en mooie zwarte ogen en ik val op mannen met donkere ogen. Toen is hij verliefd geworden op een ander, die sprekend op mij lijkt en met wie hij heel gelukkig is.

Toen ben ik een hele tijd alleen geweest en was er af en toe iemand. Iemand als Han bijvoorbeeld die ik als stront behandeld heb en die ik met mijn vriendinnetjes uitlachte als hij achter me aanliep op straat. Of Pieter, een heel lieve, zachte jongen die met Nicole was en die ik eigenlijk alleen maar van Nicole wou afnemen.

Wie was er nog meer? Herman die ik eens meenam naar mijn huis, een oude man die enorm zijn best deed in bed en op wie ik vreselijk afknapte toen ik hem de volgende morgen zag zitten in mijn keuken terwijl hij gekookte eitjes at.

En toen was ik een tijdje met Dirkie en zag ik Karel terug. Hij was heel dik geworden en hij zei meteen: "Ik wil jou terug, je bent nooit uit mijn leven weggeweest," en Karel zei tegen Dirkie die thuis voor de tv zat te kijken: "Jij kan beter ergens anders gaan wonen want ik ben nu weer bij Toni."

Ik dacht in die tijd: Ik wil alleen maar Karel terug en een kind van Karel, in mijn huis. Hij kent mij door en door, wij zullen het best gezellig hebben, en met al onze moeilijkheden hadden wij het heel gezellig en dan kom jij godverdomme langs en je hebt dit allemaal stukgemaakt voor mij, ik weet echt niet hoe dat moet, jij wel?'

13

Toni vroeg of Pierre haar thuis kwam bezoeken want zij voelde zich alleen, Karel was naar vrienden. Zij woonde op de tweede etage van een oud grachtenhuis. De trap lag vol vuilniszakken, het licht was stuk, de wanden van de gang hingen vol posters, Donovan, Stalin, Trotski.

Zij hadden twee wijde kamers met zwartgelakte, vurenhouten vloeren, overvol met exotische beeldjes, foto's van gangsters en boksers, filmsterren en guerrillero's. De gepleisterde muren, de meubelen waren stoffig. Op de vloer stonden halflege flessen wijn en borden met etensresten. Toni morste toen ze olie op de kachel deed, vloekte en schopte tegen het speelgoed aan haar voeten.

Zij was in de war, zei ze en schonk wijn in.

Pierre zat er een kwartier te luisteren naar een onduidelijk verhaal over haar moeder die binnenkort zou sterven en die haar twintigduizend gulden zou nalaten. Zij begon uit te leggen dat zij, in geval zij haar man zou verlaten, dit geld aan Muisjes opvoeding zou besteden, toen zij stappen op de trap hoorde.

Zij bleef lijkbleek zitten, zei: 'Hij heeft aan de overkant staan wachten.' Toen sprong ze naar de deur en riep opgewekt: 'Dag, mijn schatje.'

Karel was een kleine, breedgeschouderde man met vlassig

blondrood haar dat hij zorgvuldig tot boven zijn wenkbrauwen en over zijn wijduitstaande oren had gekamd. Hij had lichtgrijze waterige ogen die helemaal niet verbaasd keken.

Pierre gaf hem een hand. 'Haai,' zei Karel.

'Harry was niet thuis,' zei Karel met een onverwacht hoge, lijzige stem die de intonatie van een Amsterdamse arbeider imiteerde. Toen herinnerde Pierre zich dat Toni ooit gezegd had dat zij Karel zo leuk vond omdat hij gewoon zichzelf was, een Amsterdamse volksjongen.

'Wil je koffie?' vroeg Toni.

'Wat drinken jullie?' vroeg Karel.

'Wijn.'

'Dan drink ik ook wijn.' Hij bleef Pierre aankijken, ook terwijl hij zijn sigaretten zocht en zich in een gerafelde, doorkerfde leren stoel installeerde. Terwijl Toni in het keukentje bezig was, zei hij: 'Toni is een fijne meid, wij hebben het heel goed samen.'

'Daar twijfel ik niet aan,' zei Pierre.

'Jullie zijn goeie vrienden, hoor ik.'

'Nogal. Ik vind Toni...' zei Pierre en zocht naar iets passends. 'Ik vind haar een fijne meid,' zei hij toen. 'Het is jammer dat zij met dat tuig moet omgaan, kerels als Daan en consorten.'

Hij verwachtte dat Pierre hier op in zou gaan, het had uitdagend geklonken, het leek zelfs alsof Karel in de fauteuil zich schrap zette, zijn korte, kromme benen wijd uiteen. Toni kwam terug met een glas wijn, zei: 'Toch moet ik bij dat tuig ons brood verdienen.'

'Dat is het niet,' zei Karel en boog vertrouwelijk voorover naar Pierre: 'Zij houdt van glamour. Zij hoopt in die chique kringen, in de showbizness een minnaar te vinden. Is het niet zo, lieverd?'

'Bah,' deed Toni.

'Haar laatste minnaar was een kale,' zei Karel. 'Hij heeft nu nog praatjes als ik hem tegenkom. Tuig.'

'Ik moet nu weg,' zei Pierre, 'ik heb een afspraak.'

'Blijf je niet eten?' vroeg Toni. 'Er is stamppot en wij hebben nog ergens Duitse Sekt.'

'Nee,' zei Pierre.

'Kom gauw eens terug,' zei Karel. 'Wij zien weinig mensen die in het financiewezen zitten, het interesseert me wel.'

'Ja, kom gauw terug, schat,' zei Toni.

'Zeg je ook al schat tegen hem?' zei Karel en lachte met grijze, ongelijke tanden. Toni lachte even kort met hem mee en streek door Karels haar terwijl zij achter hem, boven zijn hoofd naar Pierre keek met een intens verdrietige uitdrukking.

Pierre onthield van haar alleen de lafheid, de schijnheiligheid toen hij de donkere, naar kool geurende trap afliep en zijn auto razend door het verkeer joeg. Zelfs al is zij daartoe gedwongen, dacht hij, dan nog is het gemak, de speelsheid waarmee zij de situatie opving, verraad. Zij verraadt mij voortdurend.

14

Soms dacht Pierre dat zijn onredelijke haat voor Karel sterker was dan zijn liefde voor Toni. Als zij met Karel sprak door de telefoon was het in precies dezelfde tonen als tegen hem, een melancholieke hartelijkheid met lacherige kreetjes. Soms belde hij Karel op, hoorde zijn vragend: 'Hallo? Met wie spreek ik? Hallo?' Als hij alleen op straat liep keek hij of hij haar blauwe vw-bus niet zag, of zij niet in een taxi zat.

Zij ging naar het Bosplan met man en kind, zij maakte urenlang haar kleerkasten schoon, zij luisterde naar de platen van Aznavour, zij babbelde met haar vriendin Nadja en dan pas belde zij hem. Zij zei: 'Je houdt zoveel meer van mij dan ik van jou, ik kan het ook niet helpen, maar ik heb nog nooit zoveel van iemand gehouden als van jou.'

Hij haatte het schaapachtige in hem dat hierdoor opsprong en blij was.

Zij zei: 'Waarom ben je toch niet tevreden met wat wij nu hebben samen, jij en ik?'

Of: 'Ik had je eerder moeten ontmoeten, dan was alles geregeld.'

Of: 'Als ik weg zou gaan, zou Karel hulpeloos zijn. Hij zou het niet begrijpen.'

Op een nacht dat zij hijgend, overweldigd tegen hem aan lag zei zij: 'Ik dacht aan smerige dingen. Dat men een film aan het opnemen was en ik was de hoofdrolspeelster en ik moest een liefdesscène spelen met een Surinamer en hij begon mij echt te neuken waar de hele filmploeg bij stond.'

'Godverdomme,' riep zij. 'Het is mijn lichaam en mijn hersenen die mij dit aandoen, ik kan het niet helpen. En nu wil ik slapen.'

Zij vloekte nog wat na, snurkte. En Pierre, die zag hoe bij haar hoofd en hart en kut gescheiden elementen waren, en hongerig was naar alle drie, legde zich neer bij die koude in haar, die soms een verwijt inhield alsof hij, hij alleen haar daaruit moest sleuren.

Soms zei zij: 'Nee, niet meer met je hand. Het is net een machine. Kom in mij.'

Of: 'Ik weet niet wat ik moet doen als je in mij bent. Moet ik zo draaien, zo bewegen? Vertel het mij.'

Of: 'Zal ik het eens met Karel proberen vannacht? Ja, hè? Dan kan je lekker ongelukkig zijn, dat wil je toch?'

Of: 'Nee, ik ga niet op mijn buik liggen. Dan moet ik aldoor denken aan het onderzoek in het ziekenhuis, toen ze het verkeerd gehecht hadden, en ik met mijn kont in de lucht lag, met al die verpleegsters en studenten eromheen. Ik heb me nooit zo vernederd gevoeld als toen.'

Of: 'Ik ben niet meer verliefd op jou, geloof ik. Gewoonlijk duurt mijn verliefdheid maar een paar weken. Maar ik hou van jou, dat is iets anders.'

Of: 'Ik wil niet eerst klaarkomen, ik wil het tegelijk met jou. Ik merk dat je je inhoudt, dat je je alleen op mij richt. Waarom ga je je gang niet, dat geeft toch niet als ik het niet krijg, dat lekkere? Ik vind het eigenlijk net zo lekker als ik het niet krijg.'

‘Doe je mond wijd open,’ zei Pierre.

‘Ik heb een beslagen tong,’ zei zij. ‘En ik wil niet horen: doe dit, doe dat. Want dan moet ik denken aan mijn moeder, die wilde ook dat ik van haar hield. Als ik het niet deed speelde ze de zieke, de invalide. Ik wil alleen doen wat ik voel.’

‘Wat voel je dan?’

‘Niets,’ zei zij, steunde op haar elleboog, vond haar Gauloises.

Hij schoof van haar weg. Zij deed alsof zij het niet merkte, dronk aan de fles sherry. Hij gleed naast het bed, over het kamharen kleed, rolde tot aan de muur. Hij perste zijn naakte lichaam tegen de plint, de tocht van onder de deur streek over zijn vel. De kamer kreeg wijde afmetingen, hij lag alleen in een reusachtige, lege operatiezaal om vijf uur ’s morgens, er waren vogels bezig buiten en stappen op straat. Koude oorlog, dacht hij, er is niets dat mij aan haar bindt, en daarop kwam een heldere gedachte, zo nauwkeurig dat zij pijn deed: Dit is het wat zij voelt.

Hij bleef een halfuur liggen, hoorde het zuigende geluidje van haar sigaret, het klokkende geluid van haar fles in de oneindige vrieskamer.

Zij kleedde zich aan, ging naar de deur, nam haar tasje, haar schaduw streek over hem, een naakte worm die begon te trillen, hij kon het niet bedaren. Zij kwam terug naar het bed, ging op de rand zitten, nam zijn hand vast.

‘Ik dacht dat ik alles mocht bij jou,’ zei ze. ‘Dat ik mocht zeggen wat ik wou, mocht slapen als ik wou. Niet vrijen als ik daar geen zin in had. Maar je bent net als al die anderen. Wat wil je van mij? Dat ik iemand anders word?’

Hij kwam overeind, een belachelijke blote man die stram

op het bed viel. Zij kleedde zich uit. Zij wiegde hem. Hij legde zijn gezicht tegen haar dijen, tegen het ijle, dunne schaamhaar en de onschuldige, gekwetste plooi. Zij wreef over zijn schedel, murmelde een lang verhaal dat eindigde met: 'Wat er ook gebeurt met ons, ik zal altijd je vriendje zijn.'

15

'Hallo!' Hij zag haar met haar kind, toevallig bij de ingang van De Bijenkorf. 'Wat leuk,' riep ze. 'Weet je, ik ben de hele dag al zo zenuwachtig.'

'Hoe komt dat?'

'Dat zeg ik je later wel. Nee, nu niet. Wat heb je?'

'Niets.'

'Jawel. Ik zie je pas tien seconden en je staat al te nukken.'

'Soms,' zei Pierre, 'denk ik dat ik een jukebox ben, dat je een knopje bij me indrukt en dat ik dan klaar moet staan met muziek.'

'Jij bent mijn allerliefste jukebox. En nu druk ik op het knopje.' Zij stootte haar wijsvinger hard tegen zijn gulp, hield haar vinger daar, keek uitdagend naar de voorbijgangers. 'Hé, Pierre, lach nou eens. Goed zo. Als je niet lacht zie je er jaren ouder uit.'

Het kind trok aan haar arm, zeurde.

'Ik moet weg,' zei Toni.

'Natuurlijk,' zei Pierre.

'Bah, wat doe je vervelend. Ik moet echt weg. Wat sta je nu te kijken naar mij?'

'Wat wou je mij later zeggen?'

'Dit,' zei zij haastig. 'Ik moet met Muisje en Karel op vakantie volgende week. Naar de Canarische Eilanden, met een charter. Acht dagen. Heel goedkoop. Ik vind het ook reuze vervelend maar ik kán niet anders.'

Pierre nam het kind op, gooide het de lucht in. Muisje leek meer op Karel dan op Toni, iets zelfverzekerds en schichtigs tegelijk. 'Hop, hop,' riep hij. Hij hield niet zo erg van kinderen, een soort honden vond hij ze, kwijlend, snikkend, doorlopend de aandacht opeisend, maar Muisje vertederde hem. Hij zag Toni's goedkeurende glimlach, dacht: Dit is wat zij wil, een knus gevoel van bij elkaar horen, een doordeweekse liefde, een redelijke staat, een bedaard geluk en niet de droom van elke nacht, tot uitputting toe, de verhitting tot het zacht gewauwel: Jij, jij alleen.

Hij zette het kind neer. Acht dagen zonder haar. Acht dagen zou zij in de zon liggen met Karel.

'Dan ga ik nu maar weg,' zei hij nurks.

'Waarom?' riep Toni.

'Zomaar.'

'Zomaar? Goed, ga jij maar weg.'

'Nee, ga jij maar eerst. Ik wil je zien weggaan.' (Van mij.)

'Als dat is wat jij wil.' Zij stak haar lippen naar voren.

'Nee, kus me niet,' zei hij en zag haar lopen, voorovergebogen alsof ze naar dubbeltjes zocht tussen de stenen, zij sleurde het kind mee dat met moeite kon volgen.

16

Toen zij terugkwam van de Canarische Eilanden, met door de zon gebleekte haren en een roze teint, zei zij dat zij het erg gezellig had gehad. Karel was een ideale vader, hij had zandforten gebouwd voor Muisje, zij hadden hele dagen op terrassen gezeten, de sherry was zo goedkoop, Muisje had diarree gehad maar niet lang. 'En jij?'

'Ik heb op jou gewacht,' zei Pierre.

'Ik wou je een ansichtkaart sturen maar het kwam er niet van, Karel zat aldoor op mijn vingers te kijken. Zeg, wat ik je vragen wou' (hij vond de uitdrukking op haar geolied, verjongd gezicht terug die zij had als zij iets geheims, gevaarlijks, vertrouwelijks wilde aanboren), 'wanneer waren wij het laatst in het Americain op de kamer?'

'Twee weken geleden. Een zaterdag. Waarom?'

'Nou, vanwege mijn cyclus.'

'Je wát?'

'Ik ben nogal slordig geweest met de pil, geloof ik. En ik maak me ongerust.'

'Hoe kan je weten of het van Karel is of van mij?'

'Dat is het juist.'

Zij lachte plots heel hard. 'Maar jij hebt wel de grootste kansen. Als ik zeker was dat het van jou was kon het me geen moer schelen.'

‘Hoe vaak heb je met hem gevrijd?’

‘Eén keer. Wij lagen in een kreek waar niemand was en hij vroeg of ik met mijn benen wijd open wou liggen en het bij mezelf doen, want daar werd hij opgewonden van. Ik deed alsof, hij keek.’

‘En toen?’

‘Nou, toen hebben we gevrijd. Ik kon het toch niet weigeren, er was geen reden voor. Hij liep al drie dagen te zeuren en te zeggen: Er valt hier niets te neuken. Ik dacht: Laat maar. Het is anders zo zielig en het bederft onze hele vakantie. Ik kon er niet onderuit, snap je dat niet?’

Uit de rommelige inboedel van haar tasje haalde zij een platte fles, dronk eruit, veegde een streep melkig vocht van haar kin.

‘Ik drink de hele dag die viezigheid,’ zei ze.

‘Volgens Nicole helpt het. Ik heb het van haar gekregen, en bij haar heeft het geholpen, en zij was al twee maanden ver.’

17

Pierre liet Toni het huis zien aan de Leidsegracht. Het was voordeliger geweest het te kopen dan te huren.

Hij wees haar waar nog kasten gebouwd moesten worden, waar zijn bed zou komen te staan, waar de telefoon kwam en de ijskast. Hij liet haar het zijkamertje bij de keuken zien. 'Hier zou Muisje kunnen slapen,' zei Pierre.

'Muisje zou het enig vinden om hier te komen logeren,' zei Toni.

'Of hier te komen wonen,' zei Pierre.

'Dat is voor later,' zei Toni. 'Nu zeker niet. Muisje is net op een leeftijd dat zij zoiets niet zou kunnen verwerken. Ik wil het haar niet aandoen, zij is net terug van een gezellige vakantie, en –'

'Later, natuurlijk, later,' zei Pierre.

Glimlachend knielde Toni op de asgrijze betonnen vloer. Zij ging liggen op het plekje waar Pierre gezegd had dat de sofa zou komen, zij trok haar knieën op en spreidde ze. 'Is dat niet wat je wil?' vroeg ze, 'de eerste keer in je nieuwe huis?'

Hij ging naast haar liggen. Buiten weerklonk een drilboor, zong een arbeider, remde een vrachtwagen. Ook een gesuis in de muur, bij de linkerbuurman. Hij wurmde zijn wijsvinger tussen haar broekje en het koude, vochtige vel.

'Het is nog nat van Karel,' zei Pierre.

‘Bwááh, jij godverdomse klootzak,’ schreeuwde Toni. Zij wou overeind springen maar hij drukte haar schouders neer. Toen het van weerzin vertrokken gezicht iets bedaarde rukte hij haar broekje naar beneden, stopte zijn vinger diep in de gleuf en bracht hem toen naar zijn mond, zoog erop.

Verbouwereerd zei Toni: ‘Jij bent ziek. Jij wil alles verpesten.’

‘Jij begrijpt het niet,’ zei hij.

‘Jawel,’ zei zij, ‘maar het bevalt me niet. Laat me nu los, ik moet plassen.’

Hij liet haar niet los. ‘Je kunt het op de vloer doen,’ zei hij.

‘Schei uit,’ giechelde Toni.

‘Er is een Frans spreekwoord dat zegt dat de dag dat een man niet meer toekijkt als zijn geliefde plast, hij niet meer van haar houdt.’

‘Een Frans spreekwoord? Echt waar? Nou, kom dan mee.’

Zij trok hem overeind. Hand in hand liepen ze door de koude donkere ruimte. Bij de deur van het toilet duwde ze hem weg. ‘Je dacht toch niet dat ik het meende,’ zei ze.

Een week later vertelde haar vriendin Nadja dat Joris en Tineke en Hummel en Barbara krom hadden gelegen van het lachen toen Toni haar eerste bezoek aan het nieuwe huis had verteld. Zij had het incident met het plassen sterk aangedikt. Dat zijn libido uitvoerig besproken werd door Toni’s vrienden gaf Pierre een vertrouwd gevoel, het was vernederend, warm en beschamend tegelijk.

18

Hij dwong Toni mee te gaan naar *Hirsch*. Zij wou niet, draalde voor de etalage, wees zenuwachtig lachend naar de zijden avondjurken. 'Zie je mij in zoiets?'

'Ja,' zei Pierre, greep haar elleboog, duwde haar naar binnen.

Ook in de hall bleef ze quasi-belangstellend kijken naar kettingen en sjaaltjes. Toen een olijke dame op leeftijd die Pierre kende zich meldde, zei Pierre: 'Ik wou eens kijken of u soms een paar cocktailjurken had voor mevrouw.'

'Ja, twee of drie cocktailjurken,' zei Toni moedig. Pierre, die haar op haar onderlip zag bijten, wist niet of zij een slappe lach bedwong, of kromp van verlegenheid.

Eenmaal boven, bij de kleurige rekken en in het kleedhokje, werd zij uitgelaten. Zij paste wijde lange jurken met art nouveau-motieven, chemisiers, bloesjes met reusachtige vlinders erop of rozen, wrong zich in een prince-de-galles-broek, behield als laatste een ossenbloedrode cardigan. Zij keek aandachtig naar zichzelf in de spiegel, trok de cardigan wat lager over haar billen, die blank en breed uit haar te nauwe broekje puilden. Zij had haar uitgezakte cowboylaarzen aangehouden, het was geen gezicht, Pierre dacht: Vroeger zou ik me doodgeschaamd hebben, nu ben ik eerder trots. Zij trok zenuwachtig aan haar Gauloise, ging onhandig uitdagend op

Pierre toe, heupwiegend liep ze hem voorbij, zei tot de mevrouw: 'Niets past me. Ik ben te dik.'

'Ik geloof dat u eerder iets extreems zou moeten dragen. Als cocktailjurk dan,' zei de mevrouw.

'Dan gaan we even naar Dick Holthaus kijken, hè, schat,' riep Toni te luid. De andere verkoopsters hadden het de hele tijd over haar.

'Daar vindt u beslist iets dat meer bij uw persoonlijkheid past,' zei de mevrouw.

Buiten, eenmaal buiten en opgelucht, zei Toni: 'Koopt je moeder haar kleren bij *Hirsch*?'

'Ja,' bekende Pierre.

'Dat dacht ik wel,' zei ze. 'Wat wil je van mij, Pierre? Wil je me beter maken dan ik ben, wil je mij hogerop? Denk je dat een jurk van zevenhonderd gulden iets aan mij zou veranderen?'

Toen het verhaal van hun expeditie bij *Hirsch* bij hem terugkwam zoals zij het aan haar *clan* had verteld, herkende Pierre het nauwelijks. Volgens Tineke had Toni geroepen dat zij een gewone arbeidersvrouw was en had zij de verkoopsters toegesproken en aangezet om zich bij de communistische partij te melden. En waren zij er bijna uitgetrapt.

'Ik had er wel bij willen zijn,' zei Tineke dromerig, 'zij zal er in die kleren uitgezien hebben als een vlag, met haar dikke pens.'

19

Omdat hij vernomen had dat Karel de hele dag naar popmuziek luisterde, kocht Pierre voor Toni alle laatste hits. (Toni's voorkeur was meer gericht op met wie zij gedweept had toen zij achttien was, Aznavour, Mel Tormé, Elvis.)

Pierre verbeeldde zich dat Karel de platen draaide bij hen thuis en dat Toni dan aan hem dacht. Zij liep poedelnaakt door de stoffige, wijde kamer en Karel zat op het bed en at erwtensoep, terwijl Brel zong: *Ne me quitte pas.*

Toen hij haar opbelde was er geen muziek te horen.

'Wat doet Karel?' vroeg hij.

'Hij ligt in bed.'

'Slaapt hij dan nog?'

'Nee. Hij leest in *Avenue* en rookt een stickie.'

'Hoort hij wat je zegt?'

'Ik geloof het niet.'

'Mis je mij?'

'Wat dacht je? Maar wij hebben toch geen haast, schat?'

Hij gooide de hoorn neer met een smak. Dwaalde door het nieuw ingerichte huis, pulkte aan korreltjes van de pas gestukadoorde muur. O, nee, zij hadden geen haast. Vooral niet. Zij hadden een eeuwigheid voor zich, *the world and the time.* Hij draaide een plaat van Peggy Lee die hij voor Toni gekocht had omdat *Bridge over troubled water* erop stond, en hij het haar eens had horen zingen in de badkamer van een hotel in Arnhem.

Toen zij de plaat speelden bij hem thuis hoorden zij een gekweld, opdringerig nummer: *You'll remember me*. Zij keken elkaar niet aan. *Remember me*, zong Peggy Lee, *I taught you how to find love, first love, happy love and blind love –, now you're leaving me behind love – but part of me will always be part of you.*

'Speel dat nog eens,' zei Toni en gefronst luisterde zij alsof zij de woorden in haar hersenen wou persen.

And when someone touches you, – gently touches you, you'll remember me, yes and then you'll see, what it's like to make love to a memory.

'Dit is wat ik wil dat Karel voor mij voelt,' zei Toni en zij lachte toen krols en laag. 'Jezus, wat een gemeen liedje.'

Pierre wou de track op de plaat doorkrassen op vier, vijf plekken voor hij haar meegaf. Hij deed het niet, hij dacht: Later zal zij dit spelen en aan mij denken.

20

In een bar aan de Zeedijk werden zij samen dronken. De hoeren waren jong, scholden een oude man uit.

'Ik voel me net als die meisjes,' zei Toni. Zij had een goud gepailletteerd broekpak aan waarvan de broek niet goed sloot en een paarse ritssluiting deed openpuilen.

'Hoeveel geef je mij vanavond, schat? Wat is het tarief om één keer te mogen neuken?'

'Je bent niet goed genoeg,' zei Pierre.

'O, nee? Ik zal je wat laten zien!' Zij krabde over zijn dij en over zijn gulp, begon toen een gesprek met de welige dame achter de toonbank over dieet.

'Ik kan gewoon niet van de gebakken vis afblijven,' zei de dame.

'Dan moet je het puntendieet volgen, schat,' zei Toni. 'Geen koolhydraten.'

'Vuile tyfushoer,' zei de oude man.

'Mijn vriendin heeft het gevolgd,' zei de dame terwijl ze tapte. 'Een heel leuk kind, altijd klaar voor een geintje en toen is zij afgevallen en werd ze vreselijk chagrijnig. Mij niet gezien.'

De oude man zei: 'Ga ik naar de plee en zie ik dat mijn jongeheer blauw is. Ik schrik me rot. Zie ik dat jullie een blauwe lamp hebben in de plee. Wie doet dat nou?'

Later, in zijn slaapkamer, vertoonde Toni's buik de scherp-roze inkepingen van haar te nauwe broek.

'Hoe doen die meisjes het?' vroeg Toni. 'Zo?'

Zij wipte heftig op en neer, zuchtte, piepte, keek scheel. 'Zo deed ik het af en toe bij mijn vroegere mannen. Bij allemaal eigenlijk, vóór jou. Zij vonden het enig, merkten niks. Wil je slapen?'

'Nee.'

'Wil je neuken?'

'Ja,' zei Pierre meteen.

'Het kan niet,' zei zij, 'want ik heb geen pil ingenomen. Er is rode hond op de crèche van Muisje en iedereen die van nul tot drie maanden zwanger is moet een injectie halen.'

'Wat gezellig,' zei Pierre.

'God in Den Haag,' riep zij. 'Ik kan daar toch ook niks aan doen. Kom hier, zeurpiet.' Zij begon verwoed aan zijn pik te zuigen, het deed pijn, haar tanden schuurden langs de eikel.

'Kussen die meisjes hier ook meteen?' vroeg zij. 'Of moet je daar extra voor betalen? Ik deed het nooit, weet je. Tenzij zij er om vroegen.'

'Dan wel?'

'Ja, dan wel. Soms.'

21

Een paar dagen later, rond half zeven 's morgens, stommelde Toni de trap op van zijn huis met haar slapend kind in een deken gewikkeld tegen zich aangeklemd. Haar gezicht was papierwit, verwoest, met zwarte rimmelvlekken op haar wangen. Het kind werd in zijn bed gestopt, het brabbelde wat.

'Muisje is helemaal over haar toeren,' zei Toni. 'Ik heb haar twee grote-mensen-aspirines gegeven maar zij trilt de hele tijd. Nee, kom niet aan mij, ik weet niet wat ik moet aanvangen, ik word gek.'

Zij plofte neer in de zwartleren fauteuil, dronk sherry uit een bierglas. 'Je hebt je zin,' zei zij.

'Wat dan?'

'Ik heb het aan Karel verteld.'

'Goed,' zei hij, en beefde. Hij wou haar niet. En toch wou hij haar. Nee, hij wilde niets liever, niemand anders dan haar.

'Ben je nu blij?' vroeg ze schamper, en kwam meteen op zijn schoot zitten op de stoel, viel snikkend tegen hem aan. 'Wat heb ik gedaan? Het kon toch niet anders, het kon toch niet langer zo.'

'Nee,' zei Pierre, 'het kon niet anders.'

Zij was om twee uur thuisgekomen die nacht van bij Pierre. Karel wachtte op haar. Waar was je? vroeg Karel, niet meer geïnteresseerd dan gewoonlijk, hij was een en ander gewend, zij bleef soms nachten uit bij vrienden en kwam dan lallend thuis. Toen had zij het niet kunnen tegenhouden, het floepte eruit, zei zij. Van bij Pierre, zei zij. Hoe lang duurt dit al? vroeg Karel.

Een paar weken, had zij gezegd: 'Want ik kon toch niet zeggen: maanden! Ik wou hem niet meer pijn doen dan nodig was.'

Ik ga weg van jou, had zij tegen haar man gezegd.

En Muisje? had Karel gevraagd.

Gaat met mij mee. Of blijft bij jou. Jij mag het zeggen. – Jij kunt haar beter meenemen, had Karel gezegd en was onbedaarlijk beginnen te huilen. Toni had naar een man gekeken die huilde.

'Het maakte het alleen maar makkelijker voor mij,' zei ze tegen Pierre, 'ik zag hem op een afstand, hij was ergens anders, met zichzelf bezig, met zijn medelijden met zichzelf.'

Het kind was wakker geworden en was tegen Karels dij opgesprongen.

Papa mag niet huilen.

Papa heeft pijn in zijn buik, Muisje.

Papa mag geen pijn in zijn buik hebben.

Je hebt nu een andere papa, had Karel gezegd.

Nee, nee, had het kind gekermd. Toen was Karel opgehouden met snikken, had Muisje op schoot genomen, en ze hadden geprobeerd redelijk, vriendelijk te praten samen.

Kom je klaar bij hem? had Karel gevraagd.

Ja.

Dan ben ik blij voor jou, had Karel zacht gezegd. Ga je bij hem wonen?

Nee. Dat wil ik niet, had Toni gezegd en koppig zei ze tegen Pierre: 'En dat is ook zo.'

Karel had gezegd: Hoe moet ik het aan mijn moeder vertellen? Zij zal het vreselijk vinden voor Muisje. Zij zal het niet begrijpen. Ik kan haar toch moeilijk zeggen: Mama, ik ben een minnaar van niks, daarom gaat ze weg.

Toni zat een hele tijd ineengevouwen in de fauteuil, huilde geluidloos, af en toe snoot zij haar neus. Pierre wou haar geruststellen, in haar binnendringen, in haar verwarde, broeierige stilte.

'Jij en ik,' zei hij. 'Je moet niet bang zijn.'

'Ik ben niet bang,' zei zij. 'Ik kan hier alleen niet tegen. Wat moet je als iemand die zo trots is en gesloten als Karel zo begint te huilen en je kunt hem niet helpen? Ik zit aan hem vast. Dat hij Muisje er in betrok en chantage pleegde met mijn kind door dat gesnik, ik vind het walgelijk, maar hij is zo, hij kan het ook niet helpen.'

'Zal ik naar hem toegaan, het hem uitleggen?'

'Nee! Nee!' riep ze.

Op dat ogenblik kwam iemand van het GEB de meter opnemen. Toen hij wegging sliep Toni naast Muisje, met haar arm om het kind, met Beertje in de hand. Zij snurkte, de hand met Beertje schokte af en toe. Pierre zei op een paar centimeter van haar bezweet gezicht met de klisharen dat hij voor haar zou zorgen, dat het allemaal veel eenvoudiger was, dat hij net zozeer als zij verminkt en in de war was, dat zij samen gelukkig zouden zijn, gelukkiger.

Een uur later werd Toni wakker met een schok, krabde in haar haar, betastte haar gezicht, hoestte lang, en toen knipoogde ze naar hem. 'Nou?' zei ze schor.

'Nou?'
'Ben je nu vrolijk?'
'Ja, heel erg vrolijk,' zei Pierre.

22

Zij bleef twee dagen in Pierre's huis, huilde onafgebroken een uur lang, zat wezenloos, radeloos voor zich uit te kijken, tot zij 's avonds dronken in bed viel. Zij probeerde zichzelf te overtuigen dat de omstandigheden haar gedwongen hadden de beslissing te nemen. Zij was blij, zei ze, dat zij op tijd had ingezien hoe negatief Karel op haar werkte, hoe hij haar natuurlijke opgewektheid dempte, hoe zijn wantrouwen tegenover de hele wereld, zijn rancuneus minderwaardigheidsgevoel haar hadden besmet. Zij belde Karel maar hij was nooit thuis.

'Wij moeten een regeling treffen,' zei Toni, 'over ons huis en Muisje mag hij natuurlijk zien wanneer hij wil. En van de twintigduizend gulden die ik van mijn moeder erf straks, krijgt hij de helft.'

'Samen uit, samen thuis,' zei Pierre en zij keek naar hem als een vreemde. 'Zeikerd,' zei zij.

'Ik ben een Kreeft,' zei zij, 'en ik kan mijn verleden niet loslaten. Karel is een gedeelte van mij.'

'En ik?'

'Jij ook.'

'Zou ik méér een gedeelte van jou zijn als ik al in je verleden leefde?'

'Waarschijnlijk wel,' zei Toni. Zij bleef hem onderzoekend

bekijken. Pierre veranderde van minnaar in iemand die zij niet kende, van wie zij de gebaren en de woorden voor het eerst ontdekte, iemand die haar verplicht had tot de breuk waarvan zij de zin niet helemaal begreep.

Daarop ging zij bij Nadja en Ronnie logeren.

Nadja was een airhostess. Zij hadden veel met elkaar gemeen, zei Toni, Nadja had ook een ochtendhumeur. 'En bij jou wil ik niet intrekken, ik zou alleen maar zitten snotteren, en overigens, ik wil niet weer een gezinnetje vormen, nog niet.'

Pierre liet zijn kantoor weten dat hij een zware griep had, en wachtte tot Toni opbelde.

'Ik voel me lekker,' telefoneerde ze, 'ik heb net spaghetti gekookt voor Nadja en Ronnie. Ik kan hier heerlijk mezelf zijn. Bij jou zou er nu die spanning zijn van, laten wij het maar "liefde" noemen, en alhoewel ik dat voor geen goud zou willen missen, schatje, beklemt het mij. Ik wil nu deze hele situatie helder zien.'

In die dagen leefden ze in een vacuüm, als verloofden die hun huwelijk hebben uitgesteld en wachten, ieder in het huis van zijn ouders. Soms vrijden ze en bereikte zij elke keer jachtig, zenuwtrillend haar hoogtepunt. Makkelijker dan ooit tevoren. Alhoewel het Pierre blij en trots maakte, merkte hij dat zij het als iets vanzelfsprekends begon te beschouwen. Haar verbazing over wat haar overkwam, wat in haar lichaam werd aangeboord, was verdwenen. Zij stootte zo snel mogelijk naar een climax door, steunde dan op haar ellebogen, en stak een sigaret op.

'Ik denk al niet meer aan Karel,' zei zij, 'hoe heeft hij mij ooit zover kunnen krijgen dat ik naast hem leefde, zonder mij voor iets of iemand anders te interesseren? Hij zei dat er nooit iemand zou zijn die zozeer van mij zou houden als hij, en ik, trut, ik geloofde dat.'

'Denk je dat ik te oud ben om een nieuw beroep te leren?' vroeg zij, 'ik heb geen zin meer om kapster te blijven de rest van mijn leven. Zou ik nog sociaal werkster kunnen worden?'

Pierre zei dat, als zij dat wou, hij dezelfde week nog zijn baan zou opgeven of een jaar verlof zou nemen. Zij konden naar Italië gaan, of naar Tunesië. Hij kon wel voor een onbepaalde tijd een maandgeld aan zijn moeder vragen.

'Of een Amerikaanse stationwagon kopen waar we in kunnen slapen. En gewoon maar rondtrekken,' riep Toni opgewonden.

'Je hoeft maar het sein te geven,' zei hij.

'Met een kindermeisje voor Muisje?'

'Ook.'

'Het zou geweldig zijn,' zei Toni. 'Alleen kan het nu niet. Nog niet. Ik zit nog te veel in de knoop. En bovendien zou het feit dat jij aldoor dat geld voor mij uitgeeft, mij ook dwarszitten.'

23

Op de vrijdag van diezelfde week was Pierre om een onverklaarbare reden opgestaan met een trillerig, ongemakkelijk gevoel dat hem de hele dag niet verliet. Op kantoor probeerde zijn secretaresse het op te vangen. Zij irriteerde hem. Zij was vroeger zijn minnares geweest, en af en toe gingen zij nog eens na vijf uur naar het Hilton Hotel waar hij haar zonder veel liefkozingen bereed. In de maanden dat hij Toni kende was het maar een keer of vijf gebeurd, op dagen dat Toni niet van zich liet horen. Pierre vond, vooral als hij haar met Toni vergeleek, haar lichaam te gaaf, haar schaamhaar te dik en te kroezelig, haar complexloze geilheid te monotoon.

'Je hebt nu al vijf keer op je horloge gekeken in een halfuur tijd,' zei zijn secretaresse. 'Verwacht je je vriendin?'

'Nee,' zei hij. Toni was in Rotterdam met Daans show. 'Eigenlijk zou ik met Daan nog een paar details moeten doornemen over zijn belastingaangifte,' zei hij. 'Misschien dat ik dat vanavond doe.'

'Daan geeft morgen een cocktail bij hem thuis,' zei zij, 'je kunt het net zo goed morgen doen. En vanavond heb je een afspraak met mijnheer Bruins.'

'Bel hem af,' zei Pierre.

De hele weg naar Rotterdam reed hij 130 per uur. 'Waarom?' vroeg hij zich af. 'Waarom heb ik het dringende gevoel dat ik nu bij haar moet zijn? Wil ik haar met een of andere balletdanser betrappen?'

In de schouwburg van Rotterdam zei de portier dat Daans gezelschap was aangekomen, maar dat de kapsters de stad in waren gegaan.

Pierre zocht naar Toni in de omgeving van het gebouw, keek door de ruiten van broodjeswinkels, Chinese restaurants. Het vroor lichtjes. Hij ging op een bank tegenover de schouwburg zitten. Ik bevries, dacht hij, maar als beloning komt zij zo langs, gearmd met Marianne of Maggy.

Een kwartier voor de voorstelling begon ging hij terug. In zijn kleedkamer sprong Daan meteen van zijn stoel.

'Wat doe jij hier? Heb je 't gehoord? Zij is al terug naar Amsterdam.' – 'Wat dan?'

Daan nam Pierre bij zijn schouder. Het trof Pierre dat Daan een gelegenheidsgezicht opzette, als voor een plechtigheid.

'Karel ligt in het ziekenhuis,' zei Daan. 'Hij heeft wel veertig pillen geslikt. Alles wat er in huis was, ook pillen tegen malaria en zo. Toni werd gek toen ze 't hoorde, toen een van zijn vriendjes haar hier belde. Zij is meteen weggereden met een taxi met Maggy.'

'Ik kwam naar haar toe,' hoorde Pierre zichzelf zeggen.

'Wist je het dan?'

'Nee. Maar ik dacht dat ik naar haar toe moest.'

Daan schudde meewarig, theatraal, zijn hoofd. 'Shit,' zei hij. 'Jongen, ik weet dat het niet het goeie ogenblik is om je dit te zeggen, maar shit, jongen, hou je toch buiten die rotzooi. Het spijt mij, maar als je vriend moet ik –'

'Shit, stik,' schreeuwde Pierre en liep naar zijn auto waar een laagje ijs op zat.

Hij vond Toni bij haar thuis. Zij zat op het bed, dat zij zelf van houten vlonders had gemaakt. Zij dronk aan de fles, keek met moeite op toen hij binnenkwam. 'Ik heb haar wat librium gegeven,' zei Maggy, 'maar zij mag er niet bij drinken.'

'Dag, schat,' zei Toni dof.

'Hoe is het met hem?'

'Zij hebben net zijn maag leeggepompt, meer weten we niet,' zei Maggy. 'Zeg haar dat zij niet mag drinken.'

'Ik doe wat ik wil,' zei Toni. Toen Pierre naast haar ging zitten streelde zij zijn hand. 'Ik ben razend,' zei zij. 'Hoe durft hij Muisje zoiets aan te doen? Wat wil hij daarmee bewijzen, de klootzak? Weer, weer wil hij mij schuldgevoelens opdringen en die heb ik niet, die wil ik niet. Was hij er godverdomme maar meteen in gebleven! Nu moet ik hier zitten wachten of hij het haalt of niet. Is dat van iemand houden, iemand zoiets in de schoenen schuiven?'

Zij raaskalde de hele nacht, wist niet dat Pierre bestond.

Tegen de morgen reed zij naar het ziekenhuis waar zij niet toegelaten werd. Zij wachtte tot tien uur. Toen bleek dat Karel een huidaandoening had gekregen, zijn hele lichaam zat onder de blaren, het was niet erg gevaarlijk maar het deed verschrikkelijk pijn. Binnen een week zou hij weer naar huis mogen.

24

Elke middag ging Toni naar haar vroegere huis om voor Karels eten te zorgen, zijn bed op te maken, de boel op te ruimen. Karel praatte uitsluitend tegen het kind. Tegen haar zei hij alleen de noodzakelijke dingen op een koude, beleefde toon. 'Een beetje zoals jij vaak met mij spreekt,' zei Toni tegen Pierre.

Soms bleef zij bij Karel slapen, als hij koorts had. Dan vernieuwde zij om de drie uur zijn zwachtels en de zalf.

'Soms lig ik in zijn armen,' zei zij, 'er gebeurt niets, alleen het verdriet bij ons tweeën, en dan klamp ik mij aan hem vast.'

'Doe je hem dan geen pijn?' vroeg Pierre.

'Hij zegt er niets van,' zei zij.

Pierre zag Toni meestal 's avonds bij Nadja en Ronnie. Zij speelden scrabble, of keken naar de tv, of Ronnie hield eindeloze monologen over de revolutie die in de maak was, alhoewel de meeste Nederlanders daar geen weet van hadden. Pierre werd gewaar dat Ronnie zijn bitterste commentaren over de huidige staat van de maatschappij tot hem richtte. Waarschijnlijk omdat Pierre gezegd had dat hij op D'66 stemde.

Op een avond dat de toestand in Cambodja ter sprake kwam en Pierre als zijn opinie gaf wat hij toevallig die morgen in *de Volkskrant* gelezen had, gilde Ronnie: 'Dat heb je van Hiltermann, dat is nu typisch overgenomen van Hiltermann.'

'Wat dan nog?' zei Pierre. 'Als Hiltermann nu toevallig iets zinnigs beweert, moet ik dan het tegenovergestelde zeggen?'

Ronnie sloeg op de tafel. 'Als je niet bij Toni hoorde, dan richtte ik geen woord meer tot jou,' schreeuwde hij.

Ik hoor niet bij haar, wou Pierre antwoorden, misschien nog minder dan jij. Karel hoort bij haar. Ik hoor alleen bij mij, denk ik, en verder ben ik elke minuut bereid om dit wat bij mij hoort, mijzelf, op te geven, te verloochenen voor één gebaar, één streling van Toni.

Ronnie verdween naar de kroeg, Nadja deed de was in de kelder. 'Zal ik hier blijven slapen?' vroeg Pierre.

'Het kan niet, schat,' zei Toni. 'Ik heb Muisje beloofd dat zij bij mij in bed mocht. En je mag kinderen niet iets beloven en het dan niet doen.'

'Kan ik niet bij Muisje en jou in bed?' Hij schrok van de deemoed in zijn stem.

'Nee. Ik wil niet dat zij ons samen in bed vindt. Vooral nu niet. Maar je kunt wel hier op de sofa blijven slapen.'

Hij ging naar de deur. 'Ga dan,' riep Toni. 'Ga maar gauw weg. Bah! Alleen omdat je niet mag neuken.'

Er was een snijdende ijswind buiten, zijn voorhoofd en zijn wangen werden stukgezwiept. Er was niemand op straat behalve in een urinoir een drietal mannen die in één kluwen scharrelden en giechelden.

'Bravo!' zei Pierre toen hij langskwam, maar zij hoorden het niet.

25

Zij zei: 'Wat er met mij gebeurd is vannacht, dat kan in geen boeken. Ik was strontlazarus in mijn bed gevallen, het opklapbedje dat in Muisjes kamer staat. En volgens Karel, die niet kon slapen en in ons bed lag te lezen, ben ik naar hem toegekomen, zonder kleren aan, ik heb hem lang aangekeken zonder hem te zien, zegt hij, en ik ben op een hoek van het schrijftafeltje gaan zitten, zo, met mijn benen wijd open en ik heb de hele vloer bepist, Karel zag het gebeuren, hij zei: Wat doe je nu? En toen moet ik tegen hem gezegd hebben: Neuk me, neuk me nu toch.'

'En heeft hij 't gedaan?' vroeg Pierre.

'Karel zegt van wel. Hij wou eerst niet, zegt hij, maar hij heeft het dan toch gedaan. Omdat hij zo'n medelijden met mij had, zegt hij, maar het was natuurlijk om zich te wreken. En daarna heb ik hem heel hard vastgepakt en een uur lang heb ik in zijn armen gesnikt.'

'Lag je dan in zijn bed vanmorgen?'

'Nee.'

'Misschien verzint hij het.'

'Dat geloof ik ook. Maar waarom zou hij zoiets verzinnen? Je hebt gelijk. Hij heeft het helemaal verzonnen. Of niet? Ik kan mij er niets, niets van herinneren.' Zij onderdrukte een lachje.

'Waarom lach je?'

'Ik zit te wachten tot je kwaad wordt. Tot je mij begint uit te schelden.'

Hij bleef stil zitten. Hij had een nieuw pak aan, van blauwe jersey.

'Weet je wat gek is? Dat ik, al ben ik nog zo dronken, zoiets nooit bij jou zou doen.'

'Dat is gek,' zei Pierre. Hij vond in haar bruinleren tas, tussen de Kleenex, de lipstick zonder huls, de broekjes, de katoenen doekjes van Muisje, de verkreukelde brieven een platte fles, schroefde de dop er af, en goot de melkige inhoud over zijn haar, het droop in zijn nek, vloeide over zijn jasje, zijn knieën.

'Je pak, je nieuwe pak!' riep ze. Zij ging naar de keuken, hield een handdoek onder de kraan. Zat op een stoel met de doek tussen haar handen. Rookte.

'Het kan nooit goed gaan tussen ons,' zei zij.

Het kleffe vocht drong door de jersey, kil en nat. Zij knielde bij hem, wreef haar wang tegen zijn dij.

'En toch ben jij mijn grote liefde,' fluisterde zij.

'Dan is dat toch meegenomen,' zei Pierre.

26

Pierre huurde voor Toni een vierkamerflat in Buitenveldert en kocht een oranje Volkswagen voor haar. Van vrienden kreeg zij matrassen, tuinmeubelen, een staande klok en een schilderij waarop een jockey tegen een bakstenen muurtje lag te slapen naast een gammel wit paard. Op de matras, die in de woonkamer in een hoek op de grond lag, stapelde Toni tientallen kleine kussens. Ernaast stond een bruin- en geelgevlekte polyester lampenkap in de vorm van een paddestoel. Muisje kon naar hartelust van de ene kamer naar de andere fietsen. Het balkon zag uit op andere, identieke balkons en voortuintjes.

Toen Pierre met Toni naar haar vroegere huis ging om spulletjes op te halen, kinderkleren en speelgoed vooral, stond Karel in de woonkamer. 'Haai,' zei Pierre aarzelend.

Hij beantwoordde de groet niet. Zijn gezicht, zijn hals en zijn handen zaten vol scharlakenrode stippeltjes met een spierwit kopje. Het gaf zijn banale gezichtstrekken iets kunstmatigs, geschminkts, iets van een verontrustende, bijna gracieuze onechtheid.

'Je zou hier vanmorgen niet zijn,' zei Toni. 'Dat hadden we afgesproken. Het is erg vervelend.'

'Voor wie?' vroeg Karel.

'Voor ons allemaal.'

‘Dit is míjn huis,’ zei Karel.

Toni zocht in de kleerkast naar iets, vond een kartonnen doos vol gekrulde foto’s.

‘Hier, vergeet dit niet,’ zei Karel en reikte Toni een witleren jas met schapenvacht aan.

‘Die is toch van jou?’ zei zij.

‘Ik wil hem niet meer dragen.’

‘Nooit meer?’ lachte zij.

‘Nee.’

‘Ik heb al een jas,’ zei Toni en een ondeelbaar ogenblikje showde zij, pronkte zij in de jas die zij droeg, een dieprode leren jas met een bontkraag die Pierre voor haar gekocht had. Zij trok haar schouders achteruit, bewoog haar lichaam met een snelle, uitdagende zwaai, zodat het leer glom in het licht van de neonbuis boven het aanrecht.

‘Dat zie ik,’ zei Karel. Hij lachte grimmig naar Pierre. ‘Ik kon nooit dure dingen voor haar kopen, alhoewel ik niets liever had gewild. Weet je dat wel, Toni?’

‘Het was niet mijn bedoeling,’ begon Pierre maar Karel snauwde hem af. ‘Ik heb liever dat je niet tegen mij praat.’

‘Oké,’ zei Pierre.

Karel leunde tegen de schoorsteenmantel, naast de oliekachel die sputterde. ‘Hé, wat zie ik hier?’ zei hij met zijn wat slepende tenor.

Hij hield een foto voor zich, bestudeerde ze.

‘Wat heb je daar, schat?’ vroeg Toni.

‘Een leuke kleine familie in Volendammer pak,’ zei hij. ‘Een man, een vrouw en een kind. Een gezinnetje.’

‘Bah,’ zei Toni.

Karel keek Pierre pal in de ogen, een blik die intimiderend

wou zijn en schichtig bleef. In het neonlicht fosforesceerden de rode puntjes in zijn gezicht. 'Ik hoop dat je je realiseert wat je hebt aangericht,' zei Karel. 'Wat je gedaan hebt.'

'Kom,' zei Toni moedeloos. 'Pierre, draag jij die tas.'

Toen zij op haar klompschoenen de trap afkletterde, stootte zij met haar arm vol pakjes en plastic tasjes tegen hem aan. Bij de deur schopte ze tegen een racefiets.

'Wat een klotedag,' riep zij, 'wat een klotedag.'

27

Toni leende op haar gauw te verwachten erfenis duizend gulden bij Hummel, een kapper, en huurde via een advertentie een landhuis voor een maand in de Dordogne. 'Ik nodig je deze keer uit,' zei ze tegen Pierre, 'en ik wil er nog minstens vijf zes vrienden bij. Kom nou, wees nou eens wat enthousiaster. Heb je geen zin om een maand vakantie te nemen met mij?'

'Natuurlijk,' zei hij. Toni ontsnapte hem voortdurend, wekte een leeg, mat gevoel in hem, dat op haar gevoel leek, dacht hij. Alsof híj de Kreeft werd, die steeds achteruitliep.

Hij kuste haar schouder, haar arm, de kleine roze bult op de binnenkant van haar arm waaronder een verharding school, als een erwt. Zij liet hem begaan. Later krabde ze het bultje open.

Hij hield van haar onvolkomenheden het meest, ontdekte hij. Haar grillige, ongecoördineerde, hoekige bewegingen, de vormloze voeten met de minieme, kapotte teennagels, de uitbultende dijen, haar weke buik die putjes en heuveltjes vertoonde als het vel van een sinaasappel. En ook het grauwe van haar gedachten, het gat in haar gevoelens dat haar hulpeloos, radeloos en nukkig maakte. Zodat zij zich verschool in de lauwte, de koude, waaruit zij weggerukt wilde worden door geweld of list of liefde.

‘Ik zal het nooit leren,’ zei zij.

‘Wat?’

‘Hoe ik moet leven.’

‘Met mij?’

‘Onder andere met jou. Vind je het náár dat ik dat zeg?’

‘Nee, want het is zo.’

‘Kan jij het mij leren? Zeg eens iets positiefs, help mij.’

‘Man en vrouw, en vrouw en man benaderen de godheid,’ zei Pierre.

‘Hè?’ riep zij.

‘Dat staat in De Toverfluit,’ zei Pierre, als verontschuldigend.

‘Jij hebt een toverfluit en toverballen,’ zei Toni. Nee, dat zei zij niet.

En toen was ineens de winter voorbij. Zij reden langs de Vecht in de oranje Volkswagen, de zon scheen over de roeiers op het water. Zij zei: ‘Ik ben gelukkig als nooit eerder in mijn leven. Dan moet jij ook gelukkig zijn, anders hou je niet van mij.’

LENTE

1

Zij zaten samen aan de keukentafel waarvan het withouten blad vele donkerbruine streepjes en vlekjes vertoonde van Toni's sigaretten. Het tochtte, Muisje had een ruitje van de glazen deur stukgegooid met een knikker. Pierre had een eitje voor Toni gebakken, koffie ingeschonken. Het ging niet goed tussen hen. Af en toe, na een avond en een nacht van oeverloos drinken en zeuren over het kappersbedrijf *Hermes*, over Karel, over Muisje en vooral over de ongevoeligheid, onverschilligheid die zij als haar enige natuur aanvaardde en toch weer niet aanvaardde, viel Toni zonder overgang in slaap op de matras. Dan lag Pierre nog een paar minuten naar haar te kijken, kleedde zich aan, liep van Buitenveldert naar zijn huis op de Leidsegracht en haatte zichzelf om het verziekte in hem dat naar haar hunkerde, dat zich in haar wou vasthaken.

Zo was hij drie dagen geleden weggelopen en nu zat zij tegenover hem, rekte zich slaperig uit.

'Ik heb mijn trots overwonnen,' zei zij, 'ik kom naar je toe.'

'Omdat je iets van mij wil,' zei hij.

'Ja. Ik kom een sinaasappelpers lenen.'

Hij moest lachen. Hij wist waarvoor zij toch gekomen was. Zij had bij *Hermes* een vaste datum bepaald voor haar vakantie en een week onbetaald verlof genomen en ze wist niet of Pierre meeging of niet, want hij had aan haar vriendin Tineke, een schoonheidsspecialiste, gezegd dat hij er niet de minste zin in had.

Tineke had in de bar *Cutty-Sark* waar zij een Lady Peach bestelde (witte wijn en Cointreau en perzikstroop!), aangedrongen dat hij mee zou gaan. 'Want Joris en ik zullen ons rotvervelen met haar, als je er niet bij bent,' zei zij. 'En Toni, alhoewel zij dat te weinig laat merken, is gék op jou. Overigens, wie niet?'

'Ik niet,' had Pierre gezegd.

'Het hangt van mijn gedrag af, nietwaar?' zei Toni. 'Als je zeker zou zijn dat ik mij gedraag zoals jij je voorstelt dat je minnares zich moet gedragen tegenover jou, dan ging je meteen mee op vakantie. Nee? Waarom zeg je nou niet gewoon: Oké. Ik ga mee…'

'Oké. Ik ga mee,' zei Pierre.

'Echt waar? O, wat goed!'

'Oké. Ik ga weer voor de bijl.'

'Juist!' riep zij. Sprong op zijn schoot, kuste hem overdadig. Danste met gespreide armen door de kamer. Riep: 'Hoi, hoi.'

Toen zij op de vakantie getoost hadden, zei zij: 'Ik had net zolang aan je getrokken tot je toegaf.'

'Je trok helemaal niet aan mij.'

'Nee?' Zij overwoog dit. 'Nee. Omdat ik je niet wou dwingen. Want als er straks iets verkeerd gaat tussen ons in de Dordogne, of als je boos wegloopt van mij, dan kan je mij de schuld niet geven, je hebt het zelf gewild. – Zo. En daar krijg je nu een kusje voor. En straks mag je voor mij een zonnebril met roze glazen, een short en twaalf T-shirts kopen. Hoi-hoi-hoi!'

2

Op het laatste ogenblik, toen zij, al reisklaar, in de huiskamer van Tineke en Joris broodjes met paté en kaas aten en Joris zijn lijstje met instructies nakeek, bleek dat zij haar groene kaart niet meer kon vinden. Pierre, die gezegd had dat hij meeging op één voorwaarde, namelijk dat hij schromelijk verwend wilde worden, geen auto wou rijden, niet met de vaat, het eten of het kind wou helpen, stelde voor alsnog in zijn auto te gaan.

'Nee,' zei Toni, 'dat is de afspraak niet.'

Het duurde uren voor een nieuwe groene kaart gehaald kon worden. Toen was Muisjes Beertje zoek, en toen reden zij in het vroege duister de stad uit, op weg naar de Dordogne, het land van de ganzen, de grotten en de prehistorische mens. Pierre zat naast Joris in de DKW. Toni en Tineke en het kind, het kind van Karel, volgden in de oranje Volkswagen.

Toni vloog op Pierre af en kuste hem vol overgave toen ze stopten bij een nachtwinkel, toen er geplast werd langs de weg, toen zij tankten bij de Franse grens. Vaak zwaaide zij naar hem vanachter het stuur. Of riep iets onhoorbaars. Of wierp kushandjes.

Toen zij op de autobaan van Rijsel naar Parijs reden had Pierre het gevoel dat Toni doorlopend naar zijn achterhoofd keek. Hij zakte in de autostoel en schoof een suède-bekleed kussen met Charlie Brown erop gedrukt in zijn nek.

Om vijf uur 's morgens doorkruisten zij Parijs.

Een klerk wees hun de verkeerde weg aan.

Alle hoeren, verbazend veel op dit uur, waren in minirok. Een versufte man waggelde, viel, verloor zijn portefeuille. Een honderdjarige Berber sloop naar de portefeuille.

3

In Périgueux, bij de stoffige verjaardagstaart van een kathedraal, kwam zij bij hem staan, streelde zijn heup, krabde de laatste restjes van het witte poeder uit het flesje, likte en gooide het flesje op straat aan stukken.

'Op,' riep Toni, 'hoppelepop.'

Want er was besloten, door Tineke en Joris en haar, dat de hele vakantie poederloos moest verlopen.

'Tenzij,' zei Toni, 'in uiterste gevallen.'

'Nee,' zei Joris, 'het is een noodmiddeltje en zo moet het blijven. Je kunt geen soeplepels blijven slikken van dat spul.'

Pierre ving Tinekes knipoog naar Toni op.

Tineke had natuurlijk een geheime voorraad bij zich.

'Jongens, jongens, wat gezellig!' riep Toni en stapte naar haar auto.

Na Périgueux kwamen er okeren rotspartijen in zicht, rotsblokken hingen benauwend ver over de weg. Toen lazen ze bordjes met speleologische termen en tientallen dolle namen als Con de Nègre, Sac de Carmen, Père de Roquet en reden een landweg in en bereikten het vakantiehuis, een in het lichtgeel geverfde boerderij met een terras dat op een graanveld uitzag, met bossen rondom. De vrouwen gilden, juichten, snuffelden in de kasten, vielen amechtig neer. O, wat een leuke reis was het geweest. Iedereen had zich fán-tás-tisch gedragen. En Muisje het allerliefst.

'Ik kan niet meer,' zei Toni. Zij had een douche genomen, een geruit hemd van Joris aangetrokken en zat op een arduinen bank bij het haardvuur.

'Dan gaan we meteen naar bed,' zei Pierre.

'Ga jij maar alvast, schat. Ik kom zo,' zei zij.

Hij nam een douche, sprenkelde *Arden for Men* over het bed, in de kamer, over zijn onderbuik (alhoewel hij wist dat haar hand of haar mond niet in die buurt zou komen; en hij had het opgegeven haar daarheen te leiden), trok zijn nieuwe pyjama van paars nylon aan, ging haar halen.

'O, mag ik je pyjama aan als wij naar het strand gaan?' riep Toni toen zij hem zag. 'Olala,' deed zij en keek naar de bult die glom in de kunststof, 'jij, sexy-boy!'

'Kom nou, je bent doodmoe.'

'Twee minuten,' zei zij. 'Nog één drankje.'

Hij ging in bed liggen, las in *La Voix du Peuple* over een blind kind dat door een vereenzaamde onderwijzer was ontvoerd en over de klopjacht die georganiseerd was door gendarmerie en bevolking, begon aan een Maigret en hoorde in de woonkamer Toni, die met Tineke en Joris schaterlachte, fluisterde, behaaglijk zuchtte, vertelde en na drie kwartier, in de eerste nacht van de vakantie, zag hij geen letters meer en beefde van razernij.

'Hallo,' zei zij.

Hij deed alsof hij las, mummelde: 'Hallo.'

Zij viel op het bed, hief haar naakte, witte, dunne been in de lucht, bewoog haar tenen.

'Spijt het je al dat je meegekomen bent?'

'Nee.'

‘Toch wel,’ zei zij. ‘Heb ik me niet goed gedragen tijdens de reis? Heb ik iets verkeerds gedaan?’

Muisje gilde, wou een glas water, wou Beertje, die onder het bed gevallen was, wou mama.

Toen Toni terugkwam, aaide zij over zijn haar.

‘Waarom zeg je niks?’

Toen hij niet antwoordde, draaide zij haar rug naar hem toe, sliep, blies luchtbelletjes, gromde in haar slaap. Iets later kwam Muisje binnengewandeld en nestelde zich tegen haar moeder. Pierre kroop uit het bed en in het bed van het kind in de kamer boven.

4

Aan het eind van de week meldde Pietje zich, een breedgeschouderde zigeunerachtige vriendin van Tineke die mocht blijven logeren als zij maar af en toe op Muisje paste. Muisje wou niets van haar nieuwe cipier weten, brulde de hele dag, onder andere omdat zij van Pietje niet in de woonkamer mocht fietsen.

‘Maar thuis mag ze wel,’ schreeuwde Toni. ‘Hoe moet ik aan een kind van drie jaar uitleggen dat ze daar wel iets mag en hier ineens niet?’

‘Muisje moet nog even wennen aan de verandering van huis en van klimaat en mensen,’ zei Tineke.

‘Goed, goed, dan fietst ze maar niet!’ Toni sloeg de deur van de slaapkamer dicht. Het kind loeide voor de gesloten deur, schopte tegen het hout.

Op het terras in zijn ligstoel zei Joris: ‘Kinderen moeten in bunkers, met tralies ervoor.’

‘En elektroshocks om de twee uur,’ zei Pierre.

‘En pillen tegen het gillen.’

‘En prikken tegen het snikken.’

In de slaapkamer, in het halfdonker, lag Toni in de Medische Encyclopedie te lezen.

‘Ik vind jou zo’n lul,’ zei zij. ‘Waarom zeg jij niet dat zij wél in de kamer mag fietsen? Alleen omdat het kind niet van jou is.’

Pierre liep naar het bos, zwiepte met een tak varens plat. Vertrapte kevers. Dutte in met zijn rug tegen een houtstapel. Een oud vrouwtje, dat een reusachtige gans aan een touw voorttrok, kwam voorbij.

'*Bonjour, monsieur le touriste!*' kakelde zij, en wuifde met een stramme, ontbladerende arm.

5

Toni schrobde de voorruit van de Volkswagen, waar honderden vliegjes op geplakt zaten.

'Zullen we een eindje rijden?' vroeg ze.

'Ja, leuk,' zei Pierre. Zij waren nog niet eerder samen weggeweest.

'Dag, jongens!' riep ze naar het terras waar Tineke en Joris tafeltennis speelden.

Net toen zij instapten kwam Pietje langs.

'Ga je mee, Pietje, een eindje rijden?' vroeg Toni vrolijk. Pierre knarsetandde. De omringende rotsheuvels kaatsten de echo terug van zijn malende kiezen. Rotsblokken scheurden en stortten naar beneden.

'Nee,' zei Pietje, 'ik moet zand halen voor de zandbak.'

Toen ze het dorp binnenreden vroeg Pierre, eindelijk, te nonchalant: 'Waarom vroeg je Pietje mee?'

'Zomaar.'

'Zomaar?'

'Uit beleefdheid.'

'En als zij meegegaan was?'

'Nou, dat was toch leuk geweest? Of niet? Of wou je met mij alleen weg? Sorry, schat, daar heb ik geen ogenblik aan gedacht. Zeg, ik kon dat toch niet weten, dat je met mij alleen weg wou.'

Bij een kruispunt aan de weg stopte ze, aarzelde en sloeg toen links af. 'Ik wil niet langs *Les Milandes*,' zei zij, 'want daar heb ik verleden jaar gekampeerd met Karel en Muisje. Niet dat het mij iets doet, maar ik wil toch liever niet langs *Les Milandes*.'

's Avonds werd het houtvuur aangemaakt, keurig in kruisvorm, door Joris en Pierre onder het bewonderend geroep van de dames. Daarop stelden de heren voor een reuzenomelet te maken. Er was geen pan groot genoeg, Pierre en Joris zouden elk een omelet maken. Afzonderlijk?

'Ja. Een wedstrijd,' zei Tineke, 'en wij gaan geblinddoekt proeven wie van jullie tweeën de beste kok is.'

Joris liet de boter zeer heet worden en kwakte er dan de tot schuim geklopte eieren in. Pierre daarentegen liet de boter maar heel eventjes smelten, lengde de eieren aan met een beetje water en room. Nuance. Ondertussen ontstond er ruzie in de woonkamer. Toni vond de wedstrijd een heel náár idee.

'Waarom? Het is toch enig,' zei Tineke.

'Nee,' zei Toni, 'want het is zielig voor wie het moet afleggen. Als Joris nu verliest, dan is dat vreselijk voor hem.'

'Waarom neem jij zomaar aan dat Pierre een lekkerder omelet maakt dan Joris?' riep Tineke. 'Waarom is het altijd Joris die zielig moet worden gevonden?' brieste zij, een gewonde leeuwin.

Toen de koks triomfantelijk met hun pannetjes voor zich uit hun producten kwamen presenteren, raasde de storm. De twee vrouwen, met Pietje ineengekrompen in een hoek, schreeuwden om het hardst.

Toni: 'Als het je hier niet bevalt, sodemieter op!'

Tineke: 'Geef me dan eerst het geld van de benzine terug!'

Toni: 'Dit is míjn huis.'

Tineke: 'Mooie vriendin ben jij!' Tineke holde de nacht in.

'Waar gaat ze naartoe?' vroeg Joris.

'Wat kan mij het schelen!' riep Toni en rukte de pan uit Pierre's hand, begon de omelet los te maken met een vork tot ze aan flarden hing.

'Naar het bos, denk ik,' zei Pietje.

Joris gooide zijn pan midden op het kunstig in eikenhout gesneden buffet.

'Ga d'r naartoe,' snauwde hij.

'Ik denk er niet aan,' zei Toni, met brandende, wijde ogen, hoogrood en glimmend.

Joris beheerste zich, knorde: 'Het is toch niet te geloven. Niet eens een week dat je geen poedertje meer neemt en je bent al niet meer te harden.'

'Dat is vals,' riep Toni. 'Ik heb helemaal geen poedertje nodig.'

'Ga naar Tineke toe. Meteen,' zei Joris gevaarlijk en Pierre zag zijn weerbarstige, trotse prinses het begeven voor de natuurlijke arrogante toon van een man, zag haar gehoorzaam naar de voordeur gaan met een gefronst gezicht, zonder blik naar hem, die dit nooit zal opbrengen tegenover haar (omdat Karel in haar eenzelfde slaafsheid had gekweekt?).

In het bos weerklonk gegiechel.

De mannen en Pietje liepen naar het terras, luisterden.

Tussen het gezang van muggen, het verre gemekker van een geit en iets onduidelijks ruisends vanuit de rotsen, was een ijl, hikkend gekerm te horen, een gefluister en dan twee schaterlachjes, het donkerste geluid was dat van Toni.

Pietje lachte op het terras, alsof zij ook bij het maanzieke van de twee vrouwen hoorde.

Met verhitte gezichten kwamen Toni en Tineke terug, hand in hand.

Zij speelden Mens-erger-je-niet de hele avond.

Pierre won twaalf gulden.

'Geluk in het spel, ongeluk in de liefde, schat,' lalde Toni die de ene bel cognac na de andere had gedronken alsof zij zo snel mogelijk in een coma neer wou vallen, in een nacht zonder hem.

6

Rond zes uur 's morgens vertrok Pierre te voet, langs bossen van kastanjebomen, eiken en dennen, langs watervallen en rotsen naar Les Eyzies, tien kilometer ver. Hij kreeg een blaar op zijn grote teen. In het stadje kocht hij kranten en ontbeet in een café waar mannen in blauwe overalls al aan de witte wijn bezig waren. In de kleurenbijlage van een van de kranten stond een Amerikaanse acteur afgebeeld met een dubbelloopsgeweer voor zijn harige torso. Pierre vond dat hij op Karel leek, scheurde de foto in snippertjes die hij in de asbak gooide en toen in brand stak. De arbeiders onderbraken hun zeurderig Frans niet, maar keken verontrust naar het smeulen en de rook. Ook de cafébaas gaf geen commentaar. Pierre was een gezalfde vreemdeling die naar de bakermat der Europese beschaving kwam kijken, naar de botten en gewrichten van hyena's, bisons, rendieren en de paleolithische mens, en pelgrims hebben zonderlinge zeden en gewoonten.

Hij ging terug met een taxi. Niemand begroette hem opgelucht of juichend.

Toni had zijn kamerjas aan en zijn rode sokken. (Zij droeg zijn onderbroeken, gebruikte zijn aftershave en zijn tandenborstel, zoals zij ook de kliekjes wijn in de glazen die her en der verspreid stonden in het huis opdronk.)

'O, daar ben je,' zei zij. Hij wou haar achteroverdrukken op de keukentafel, haar gespreide lichaam strelen tot zij buiten adem zou zeggen: Waar was je toch? Waar ben je al die tijd gebleven?

Toen zaten zij naast elkaar op het terras in vouwstoeltjes. Zij las *De Telegraaf* van de dag tevoren en besprak met Tineke de horoscoop van de Kreeft van gisteren.

'Het is vreemd,' zei Toni, 'maar vanmorgen had ik géén ochtendhumeur.'

'Maar ik ook niet!' riep Tineke. 'Wat raar!'

'Dan is er iets fundamenteel fouts met jullie,' zei Joris.

'Schat,' zei Toni en glimlachte voor het eerst die dag naar hem, zij kneedde zijn knie, 'zou jij even de *Agarol* willen halen in de keuken?'

Verder praatten Pietje en Joris en Tineke en Toni over auto's, wanneer je precies de auto moet smeren, wat een DKW verbruikt op de autoweg, of Sinatra ooit nog zou trouwen, of die gympies van Bally wel goed zijn voor Muisje d'r voetjes want zij heeft een neiging tot zweetvoeten zoals Karel, wat voor een weer het vandaag zou zijn in Holland, in *De Telegraaf* van gisteren staat dat er onbestendig weer is met buien, het giet er vast pijpenstelen, hoera! en Toni zei dat de beste melk van een koe kwam die net een kalfje gekregen had.

'Zoals bij ons, dames, dat eerste vocht, hoe heet het? Nee, niet moedermelk, nee, dat witte, witte vocht, ik moet het bij Spock even opzoeken, dat vond Karel het lekkerste ter wereld, zei hij.'

Muisje zat onder de jam, Toni nam haar op schoot, likte de jam van haar gezicht en haar armen, en beet genoeglijk en beestachtig knorrend in haar blote billen.

7

Zonder dat er een woord over gewisseld werd sliep Pierre een drietal nachten op de harde, te smalle sofa in de woonkamer naast de Empire-klok.

'sMorgens liep Toni uitdagend fluitend door de kamer en een paar keer stootte zij een schamper gehinnik uit toen hij dekens en kussens naar hun slaapkamer sjouwde, vóórdat de anderen het merkten.

Overdag zei zij af en toe iets langs de neus weg, elke keer afgerond met 'schat'. Een keer zong ze heel hard: *''t Sprookje is uit'*, en een andere keer: *'The thrill is gone'*.

Op een middag dat zij aan de krakerige, ronde tafel van de keuken met zijn allen aan het toepen waren, werd zij zo opgewonden omdat zij won, dat zij uitgelaten op zijn schouder sloeg. Zij schrok er zelf van, en zei: 'Sorry, schat.'

'Waarom gaan jullie eens niet met zijn tweeën gezellig alleen in de stad eten?' zei Tineke.

'Ik wil niets liever,' zei Toni, 'al deze dagen al, maar ja, er wordt om een of andere mysterieuze reden niet meer met mij gesproken.'

'Mag ik mevrouw dan uitnodigen om met mij te gaan dineren?' vroeg Pierre.

'Já-áh,' schreeuwde Toni meteen en kuste hem.

Die avond trok zij een besmuikt geel rokje aan, een zwarte

trui en kobaltblauwe basketbalsloffen. Pierre nam haar mee naar het duurste restaurant van de streek, l'Hôtel Cromagnon, twee sterren, een met mos en klimop bekleed kasteeltje met kleurige toeristenbondschilden en 1900-lampen aan de voorgevel, Engelse parlementsleden in witte dinnerjackets in de veranda, twaalf koksmaats die in de bouillabaisse onaneerden.

Zij werden snel naar een onaanzienlijk hoekje geleid. Het licht was te schel, de *dîneurs* praatten te gedempt, de maître d'hôtel was gehaast en korzelig.

Toni trok haar wenkbrauwen op, inspecteerde de kaart en gooide die op haar bord, zei met een theatrale stem die tot in de keuken drong: 'Ik wil een ouwe tong meunière. Heeft u nog ergens een ouwe tong liggen?'

'Ik kan u wel de tong au beurre noir aanbevelen,' zei de maître d'hôtel.

'Oké buddy,' zei Toni met een scheve mond, als Humphrey Bogart.

Zij at bijna niets, goot grimmig volle glazen Pouilly Fumé naar binnen, zat bijna onbeweeglijk rechtop.

Pierre haalde de wangetjes uit zijn forel, legde ze op zijn vork en reikte de vork naar haar mond.

'Dit is het lekkerste,' zei hij.

'Dank je, Pierre,' zei zij en hapte.

'Waarom heb je mij naar zoiets meegenomen?' vroeg ze toen bijna teder. 'Omdat ik er zo vies uitzie? Omdat ik niet de moeite deed om mij chic aan te kleden?'

'Ja,' zei hij.

Zij was een tijdje stil, trok verwoed aan haar Gauloise.

'Waarom gebeurt dit met ons?' vroeg zij met een kinderstem. 'Jij weet het, maar je wil het niet zeggen.'

'Er gebeurt dat ik het gevoel heb dat ik niet eens besta voor jou,' zei Pierre en dacht: Wij komen in een open veld, een gevechtsterrein, en ik stoot door, zonder schild, zonder camouflage. 'Waarom drink je je elke avond laveloos zodat je mij niet hoeft aan te raken?'

'Omdat jij mij niet aanraakt al drie vier dagen,' zei ze fel.

'De laatste keer dat ik de eer had je bed te delen, lady, draaide je je om en snurkte je meteen.' Pierre knorde, snurkte, een gemeen, obsceen geluid in de beschaafd murmelende ruimte.

'Je hoeft me niet na te doen,' zei Toni koel. 'Dat hebben al mijn minnaars me verweten, dat ik snurkte. En zij hebben het allemaal eens nagedaan, net als jij. En als je het wil weten, die laatste keer was ik geconstipeerd, zoals iedereen kan overkomen, en ik vond de *Agarol* niet en het deed daar vreselijk pijn en ik durfde het je niet te zeggen.'

'Waarom niet?'

'Omdat je zou denken dat het een excuus was om niet met je te vrijen!'

Haar pupillen waren koolzwart en uitgezet. Pierre vond haar angstaanjagend en vertederend mooi.

'Ik wil niet meer,' zei zij op de rand van tranen. 'Vanmiddag wou ik Muisje aankleden en wegrijden, voorgoed.'

'Als ik mijn auto had meegenomen...'

'...Was jij al eerder weggeweest. Natuurlijk.' Zij probeerde te lachen toen zij zei: 'Weet je, ik had al 5000 francs uit je jasje gestolen vanmiddag.'

De maître d'hôtel, de vermoeide inlandse dienstmeisjes met de harige armpjes, de obers, wachtten in een kringetje bij de kassa, de meeste gasten waren verdwenen.

Toni huilde. 'Ik wil niet meer elke dag, elk uur uitkijken, opletten op wat ik zeg of doe. Ik moet, omdat ik bij jou ben en geacht word verliefd te zijn op jou, doorlopend goede cijfers halen voor een examen. Als ik je om de tien minuten om de hals zou vliegen en roepen: Schat, wat vind ik je lief, wat vind ik je mooi, dan zou ik een acht krijgen, of een negen.'

Zij wreef met haar knokkels de rimmel van haar ogen, knipperde met haar wimpers, snikte als een meisje: 'Ik wil naar huis.'

'Ik vind jou lief, ik vind jou mooi,' zei Pierre.

'Daar meen je niks van.' Zij duwde haar servet tegen haar oogkassen en zei toen ineens koud, als een ijspegel midden in haar verhit gesnik: 'Als je eerlijk bent, zou je het toegeven, dat je helemaal niet meer van mij houdt.'

Een van de dorpelingen in jacquet vroeg of zij iets als dessert wilden, hij beval de aardbeien met crème fraîche aan. Toen de marrons glacés.

'*Non*! Sodemieter op!' schreeuwde Toni en grabbelde haar tasje, stootte een vaas bloemen omver zodat het water over Pierre's broek plensde, en rende langs het personeel bij de kassa naar buiten.

Terwijl Pierre afrekende hoorde hij een klap buiten, en gerinkel van scherven en het puffen van de automotor.

'*Ce n'est rien,*' zei de portier, '*Madame est nerveuse.*' Zij had een voorlamp stukgereden tegen een paal bij de ingang. Zij snikte: 'Mijn autootje. Het enige wat ik nog heel had.'

Thuis groetten zij de monopoly-spelers en bracht Pierre Toni naar bed. Zij klampte zich aan hem vast, en hij dacht dat zij zo Karel in zijn zwachtels had omklemd.

'Het spijt mij, het spijt mij, mijn schat, mijn liefste,' zei zij en trok het laken over haar gezicht, plette het laken tegen haar schedel en lag op haar buik.

Hij speelde nog anderhalf uur monopoly met de anderen tot het haardvuur dikke walmen de kamer in stootte die de ogen deden tranen.

Toen hij weer in de slaapkamer kwam, want hij durfde zich niet op de sofa te installeren terwijl Joris en Tineke en Pietje het zagen, sliep Toni. Hij kroop tegen haar aan, legde zijn mond op de hare, ademde met haar ritme mee. Hij tilde haar levenloze hand op en legde die op zijn levensgrote pik. In haar slaap trok zij er zachtjes aan, haar hand was een reusachtige vlinder die zijn vleugels open en dicht sloeg en op en neer. Toni's geronk werd ijler, zij hield haar adem in, haar vingers versnelden maar bleven ondraaglijk licht flutteren en hij liep leeg langs haar dij. Als een vrouw, dacht hij.

'Ben je wakker?' fluisterde hij.

'Wat dacht je?' zei Toni.

'Slaap nou.'

'Ben je blij?' vroeg zij. 'Want ik ben het wel.'

Zij werd een paar keer wakker die nacht en kuste zijn keel, zijn schouders, zijn oor. 'Heb ik nu een tien gehaald?' lachte zij. 'Met een griffel?'

8

Met gejoel werd Nadja onthaald met haar zoontje Duc en haar vriendin Doortje, die op doorreis was naar Cannes. Zij zaten algauw aan het ganzenbordspel en keuvelden over darminfecties en vitaminen. 'Ik zie er wel tegenop om straks met Doortje naar bed te moeten, maar zij was zo aardig om me helemaal hierheen te rijden,' zei Nadja. Doortje was een spichtig meisje met vlechten en een slecht gebit, een andragoge, wat dit ook mocht zijn. 'Voor wat hoort wat,' lachte Toni en Pierre vond het ondraaglijk hoe soepel en slordig Toni en haar vriendinnen iets benaderden wat voor hem troebel en donker en hitsig bleef: voor Toni en Nadja en Tineke bijvoorbeeld was vrijen een noodzakelijk kwaad, iets waar je niet onderuit kon, dat gemotiveerd kon worden door passie of liefde, maar ook als beloning kon worden beschouwd. Zo zei Toni vaak: 'Je mag met mij neuken,' alsof het een gunst was.

Pierre begon het vrijblijvende, zwierige, bevrijde van Toni's *clan* te haten. Onder andere omdat hij gewaar werd dat hun overgave vrijblijvend bleef en onvolkomen. Geïrriteerd moest hij erkennen dat hij meer op de verlegen reuzin Pietje en het door een broeierige koortshonger verteerde Doortje leek dan bijvoorbeeld op Joris. Deze repareerde samen met Toni een antieke koperen lamp die zij omvergegooid had. Hun vingers raakten elkaar bij het vastschroeven van de metalen ringetjes, zij hield zijn middel vast terwijl hij aandachtig met een nijptang bezig was en zij hem de schroefjes aanreikte. Pierre benijdde niet alleen het gemak waarmee Joris zich bewoog in zijn mager, getraind lijf maar ook het vanzelfsprekende, ongedwongene waarmee hij op het terras in een bloemperk plaste en winden liet of de ramen waste of stofzuigde of achteloos over Toni's billen streek. Als Pierre zich ontspannen voordeed, bleef er iets verkrampts, iets eenzelvigs aan hem gekleefd, wat de anderen herkenden. Zij vroegen hem ook nooit om mee te helpen in het huishouden. Hij zat in een fauteuil en men zwabberde, veegde langs hem heen, als om een meubel.

Joris duwde met zijn bezem tegen Pierre's voeten.

'Hé, je benen op de kast, ouwe pederast,' zei Joris.

'Uit mijn licht, nicht,' zei Pierre.

9

Pierre nam een dossier van de zaak door op het terras. Toni knielde op een deken, klaar voor het zonnen, toen ze vroeg: 'Wil je iets drinken? Zal ik je een glaasje inschenken?'

'Ja. Een Pernod.'

'Bah,' zei zij en haalde de fles. Zij hield niet van de smaak van anijs. Zij las Kuifje op twee meter van hem vandaan.

'O,' zei zij, 'nu heb ik het water voor je Pernod vergeten.'

'En een glas,' zei Pierre.

Zij verdween. Floot in de keuken. Zij zette glas en karaf naast zich, viel neer. Het water werd warm in de zon.

Pierre hield de fles Pernod op een knie. Na twintig minuten zei hij: 'Heb ik in het verre verleden niet eens gehoord dat je mij een glaasje zou inschenken?'

'O, God,' riep Toni, sprong overeind, gaf hem glas en karaf, greep de fles uit zijn handen. Zij wou inschenken toen Muisje gilde die in een doornstruik was beland en er niet uit kon. Zij bevrijdde het kind, ging naast haar in de zandbak zitten en bakte zandtaartjes, speelde met de plastic autootjes.

Hij bleef een halfuur met de onaangebroken fles Pernod zitten, stierf van de dorst. Dronk ook niet toen de anderen het ene glas Campari-soda na het andere ledigden. Toen het gezelschap naar het dorp wou, zei Toni: 'Ga je mee boodschappen doen?'

'Ja,' zei Pierre en sloeg zijn papieren dicht.

'Of wil je liever thuis blijven met mij, want ik heb niet zo'n zin om door het dorp te sjouwen.'

'Wat denk je dat ik verkies?' vroeg hij.

'Drie keer raden,' zei zij. 'Oké.'

Zij lachte hem donker toe en hij zag hoe zij de fluwelen overgordijnen dichttrok, hoe hij op de sofa zakte met haar, hoe hij, na al die tijd, voor het eerst weer haar geheime, glimmende ogen op hem gericht voelde, hoe zij hem weer herkende, als een minnaar, als een mirakel, en hoe zij gespreid lag en hij knielde voor haar wijd open spelonkologie en haar aanbad, terwijl tussen de spleet in de gordijnen een cameralens op hen gericht stond, met een filmploeg bedwongen sissend op het terras, en hoe zij dat wist en zich liet verkrachten met een afgewend, gloeiend gezicht.

'O,' riep zij, 'maar Muisje heeft sokken nodig, ik ga mee naar het dorp. Schat, heb je soms wat geld voor mij, voor sokjes voor Muisje?'

Joris toeterde ongeduldig in de auto, terwijl Pierre naar geld zocht in zijn broek die in de slaapkamer lag.

'Tel jij maar lekker je cijfertjes op, schat,' zei Toni, 'ik ben zo terug.'

's Avonds zei zij: 'Ik heb je zo gemist. Echt waar. Er waren beeldige gestreepte jeans te koop op de markt. En ook minnaars, van die Franse, dunne jongetjes met wallen onder de ogen. Maar ja, daar had ik niet genoeg geld voor bij me. Je hebt mij expres niet genoeg meegegeven. En hier heb je een cadeautje.' Zij gooide een bos radijzen in zijn schoot.

Zij spreidde giftig gekleurde ansichtkaarten van de Dordogne op de pingpongtafel uit.

‘Die is voor papa,’ wees Muisje.

‘Is er dan geen kaart van *Les Milandes* bij?’ vroeg Pierre.

‘Hoezo?’ vroeg Toni.

‘Daar zijn jullie toch verleden jaar gaan kamperen?’

‘O, gatverdamme,’ blafte zij. ‘Je kunt het niet laten, hè?’ Zij wiegde Muisje op haar schoot, zette haar toen op de pingpongtafel. ‘Wat krijg jij een mooie benen, Muisje-pluisje. Vind je niet, Pierre?’

‘Ja, net de benen van papa,’ zei hij. Zij keek hem aan met verachting, en stak toen haar tong uit.

‘Hé,’ riep Joris, ‘morgen begint het kampioenschap *jeu de boules* in Nîmes. Zullen we dit stelletje wijven hier laten en er effe heen rijden, jij en ik, Pierre, even heen en terug? Als we nu vertrekken halen wij het net.’

‘Dolgraag,’ zei Pierre.

‘Dan ga ik me gauw verkleden,’ zei Joris.

Pierre wou naar de slaapkamer om hetzelfde te doen, toen Toni zijn hand greep. Hij trok zijn hand terug, zij nam een paar vingers beet, rukte eraan als aan een uier. ‘Dat meen je toch niet, hè?’ zei zij zacht. ‘Je gaat toch nu niet weg?’

‘Waarom niet?’ zei Pierre. ‘Wat moet ik hier?’

‘Nou-ou,’ deed ze, met een filmisch hoerenlachje. ‘Ik weet een heel goeie reden waarom je hier zou kunnen blijven vannacht.’

Joris wou toen ook niet naar Nîmes omdat Tineke vond dat de vrouwen niet onbeschermd konden achterblijven, midden in de bossen waar syfilitische Dordognese landarbeiders naar hen stonden te loeren, met dorsvlegels in de hand.

Rond twee uur die nacht nam Toni haar slaappillen in en bleef nog een uur kaartspelen, dommelde af en toe in, kuste

Joris' hand opdat hij haar geluk zou brengen, of viel lodderig tegen hem aan.

'Wie gaat er mee naar bed?' zei zij toen.

'Ik,' zei Joris.

'Goed,' zei zij en duwde hem naar de slaapkamer, stoeide slaperig.

'Hou toch op, mens,' zei Tineke.

'Wij zijn al zo veel jaar gek op elkaar,' zei Joris, 'het moet er nu toch eens van komen.'

'Vind ik ook,' zei Toni. Toen zij zag dat Joris naar Pierre toeging die patience speelde aan het bureau, vroeg zij: 'Mag het van jou, Pierre?'

'Natuurlijk,' zei Pierre.

'Een andere keer,' zei Joris.

'Oké. Oké,' zei Toni met een rauwe, dikke stem, zij waggelde op haar benen, 'dan gaat Moeder maar weer alleen naar d'r nest.'

Er woei een zoel windje buiten, er was nog een melkachtige maan te zien, ezels balkten, emmers rinkelden.

Pierre vond Toni onder een berg dekens verstopt.

'Kom d'r bij,' zei zij. Zij schudde haar billen tegen zijn buik.

'Zo, zo,' knorde zij. 'Als lepeltjes in een doosje. Weet je, je moet mij niet altijd laten merken dat je zo nodig met mij naar bed wil. Dat vind ik niet spannend.'

Zij leidde hem met een klemvaste hand bij zich naar binnen.

'Denk niet aan mij.'

Daarna prevelde zij: 'Ik vind het zo leuk dat je niet aan mij dacht, dat je je gang ging.'

Hij lag met zijn gezicht in het klamme nekhaar, tegen haar oorschelp.

'Zal ik je iets zeggen, Pierre? Ik heb met niemand iets te maken.'

Zij merkte dat hij verkilde, uit het bed wou, zij kneep in zijn schouder, klauwde in zijn rug. 'En jij ook. Wat heb jij met mij te maken? Voor hetzelfde geld had je iemand anders kunnen neuken daarnet, waar of niet?'

'Nee,' zei hij.

'Want je bent net zomin nog verliefd op mij als ik op jou.' Zij drukte haar lippen tegen zijn wang, fluisterde: 'Waar of niet?'

'Nee, nee,' zei hij, tegen beter weten in. 'Bij mij is er niets veranderd.'

'Bij mij wel. Het is verminderd en toen veranderd.'

'Sedert wanneer?'

'Sedert ik Karel heb laten vallen.'

'Ja,' zei Pierre. 'En nu?'

'Nu heb ik voor jou nog een heel groot gevoel. Het grootste dat ik ooit voor iemand gehad heb. Maar ik ben niet meer verliefd.' Zij mummelde nog wat. 'Droom je nu van mij? Ja? Ik ook van jou,' zei Toni.

10

Pierre kon zijn blikken niet van Toni afwenden terwijl zij tussen de anderen draalde, of soms een halfuur lang met dierlijk lege blik en halfopen mond voor zich uit zat te kijken op het terras, of pingpong speelde in haar bikini waarbij haar broekje afzakte, een wittere streep van haar billen liet zien en de vingerbrede gleuf boven de bilnaad, of tegen stoelen en tafelranden stootte bijna zonder het te merken, met af en toe een gedempt 'Au', of de koffiepot omgooide en de bruine drab liet liggen waar ze met haar naakte voeten in liep.

Hij wist al te goed dat zijn krampachtige aandacht voor haar, dat onrustige, bijna wantrouwige verlangen naar haar, haar beklemde, hoe kon het anders? maar hij kon het niet laten. Soms voelde hij Doortjes speurende blik op hem gericht en meende hij dat zij de kinderachtige, ouderwetse, *square* hunkering herkende, er lag een miniem spotziek grijnsje rond haar gewelfde lippen die brokkeltanden vrijlieten.

Toni zei: 'Ik denk dat Muisje heimwee krijgt naar de crèche, naar de andere kinderen, naar de regelmaat. Ik heb alleen maar heimwee naar wat vroeger gebeurd is, soms heb ik al heimwee naar wat gisteren gebeurd is. Ik verwaarloos Muisje. Dat kind weet niet hoe dol ik op haar ben, ik snauw haar aldoor af. Hoe kan zij het weten, als jij niet eens weet, Pierre, hoe dol ik op jou ben? Je moet je meer met Muisje bemoeien. Zij vraagt nooit naar jou, aldoor naar haar papa. Ik duw haar wel jouw kant op, maar je verwaarloost haar.'

'Ik ben niet zo'n kindervriend,' zei Pierre.

'Jawel, jawel,' zei Toni koppig.

Pierre liep met Muisje aan de hand het bos in. Zij plukten alle gele bloemen die zij zagen.

'Wie is je vriendje?' vroeg Pierre.

'Papa.'

'Wie nog meer?'

'Tineke. Nadja. Doortje. Mijn doekje. Beertje. Joris. Leonie. Joost. Bert.'

'En ik?'

'Jij bent mijn vriendje niet,' zei Muisje. Hij liet haar hand los, zij huppelde de varens in.

'Ben ik je papa niet?' vroeg Pierre. Zij begreep het niet, zij kreeg de wat loensende, schichtige blik van Karel.

'Mijn papa woont nu helemaal alleen met een konijn,' zei ze. 'En het konijn bijt aldoor de draad van de telefoon door en dan kan mijn papa mij niet opbellen.'

'Ik heb eens een konijn gezien met een rood kapje,' zei Pierre, 'en toen, en toen, en toen...' Hij wist niets meer.

'En toen?' kraaide Muisje en rukte aan zijn hand als aan een zwengel, trok hem neer op het gras en het zand.

'Het had een rood kapje en zeven vriendjes, zeven geitjes. En die wilden nooit naar bed 's avonds en de vadergeit sloot ze op in de keukenkast en daar poepten ze in alle kopjes en alle borden en in de vanillevla.'

'Het kleinste geitje poepte het meest.'

'Ja, en toen kwam de fee en die leek op mama.'

'En de fee heette Moeder-de-Poeder, zoals mama.'

‘Ja. En de fee was zo kwaad op de geitjes dat zij al haar witte poeder in hun ogen strooide en daar kregen ze zo’n slaap van, dat zij weer moesten poepen.’ Pierre kon niets meer verzinnen.

‘En toen, en toen, en toen?’

‘Toen kwam ik op mijn zwarte paard, want ik ben de prins en ik nam Moeder-de-Poeder voor op het paard en wij reden door het bos. Stop! riep Moeder-de-Poeder, ik zie daar een muisje met blonde krullen in het struikgewas.’

‘Wat is dat, struikgewas?’

‘Het grote gras. En toen reden wij met zijn drieën op het paard Beiaard de wijde, wijde wereld in waar het vreselijk stonk naar de poep van de geitjes.’

‘En papa?’

‘Papa, die zat te huilen in de kelder.’

‘Nee. Dat is niet waar!’ krijste Muisje en holde op haar kromme, dunne beentjes door de distels en de brandnetels, en hij rende haar achterna, zette haar op zijn schouder en hoste met haar als een paardje tot zij bedaarde.

‘Nee,’ zei Pierre, ‘wij reden op ons paard langs de kelder en toen braken wij de deur open en lieten papa los en hij was zo blij dat hij op zijn knieën viel en beloofde dat hij het nooit meer zou doen.’

‘Wat zou hij nooit meer doen?’

‘Moeder-de-Poeder pesten.’

‘Mijn papa pest mijn moeder toch niet,’ zei Muisje verbaasd.

‘Jawel, jawel, jawel, elke dag,’ zei Pierre.

Zij dacht erover na toen zij terugkeerden, fluisterde Beertje een en ander in het oor.

11

Doortje had hen uitgenodigd in Le Capétien, een landelijk restaurant boven op een heuvel, want zij ging de volgende dag weg. Geroosterde krab met knoflook-mayonaise, gigot d'agneau, fraises au vin. Daarna bellen eau-de-vie. Gedaas, geraaskal.

Toni zong een Frans versje, 'Joris est mon grand rêve', en Pierre wist dat hij lelijk was want ongelukkig, en oeroud tegenover het flutterig geginnegap van zijn maanzieke prinses.

Thuis morste Toni wijn over zijn rapporten van de Bank van Parijs en de Nederlanden. Hij graaide de doorweekte papieren bij elkaar en gooide ze in het haardvuur. Waarop iedereen de slappe lach kreeg. Joris rukte een madonnabeeldje uit zijn nis en smakte het ook in het laaiende vuur. Het siste.

Verdwaasd zaten Toni en Pierre toen in de eerste zon op het terras, terwijl Nadja boven de tegen elkaar opgillende kinderen toeschreeuwde. Joris en Pietje en Tineke lagen samen aan de rand van het bos te slapen.

Een gelige, gehavende kat scharrelde in de vuilnisbak.

In de felle zon had Toni diepe groefjes rond haar ogen, rode rimpels in haar hals.

'Hoe voel je je, schat?'

'Als een jojo, op en neer,' zei Pierre.

'Ik hou van jou, sufferd. Als je vanavond naar mij gekeken had, had je het gezien.'

En hij, boekhouder van haar gebaren en blikken, zag hoe zij verschoof op de rieten stoel en hoe roze striemen in het weke vlees geprent zaten en hoe zij slaappillen innam die zij doorspoelde met witte wijn. Een Buick snorde voorbij, toen een DS, toen een gele Austin. Twee gendarmes op de fiets. Hagedissen staken het terras over.

'Sufferd.' Haar tong sloeg dubbel. 'Ik hield van jou de hele avond. En nu komen mijn grieven terug. Ik vind jou een klootzak van hier tot Tokio.'

Zij leunde achterover, sliep in, schoot wakker, dronk.

'Je vindt mijn vrienden minderwaardig, al ben je nog zo aardig tegen ze. Je doet minachtend over Karel, iemand met wie ik nota bene jaren heb geleefd en met wie ik nog dagelijks moet afrekenen. En je vertrouwt mij niet.'

'Is dat alles?'

'Nee. Want daartegenover staat dat je van mij houdt. Dat je lelijke voeten hebt zoals ik, maar mooie benen en een mooie pik en mooie ogen en rooie vlekken in je gezicht nu, zoals ik, en dat ik jou nooit wil missen.'

'Die zit,' zei Pierre.

Haar hoofd viel voorover. Zij sliep. 'Pierre, Pierre, Pierre, Pierre,' zei zij, verbazend helder, in haar slaap, en toen: 'Ga niet weg, alsjeblief!' en streek neer met haar wang tegen zijn kruis waar het zwol en knelde.

Joris wankelde naar het huis.

'Alsjeblief,' zei hij. Iets later kwam hij terug met zijn Minox. 'Wacht even,' fluisterde Pierre en legde haar gezicht iets meer opzij zodat zij geen dubbele kin meer had, streek haar haar wat glad. Zij opende één gesperd bloeddoorlopen oog met korstjes rimmel in de wimpers. Het ooglid, een dooraderd blaadje, zakte weer.

Joris had moeite om het fototoestelletje stil te houden, hij steunde met zijn elleboog op een tuintafel.

'God, wat zullen wij hierom moeten lachen, straks in Amsterdam,' zei hij gelaten.

Toen was Doortje, reisvaardig, bezig met potten en pannen. Zij klopte warme melk tot schuim, het sidderde in Pierre's schedel. Zij bracht hem koffie, kuste hem vaarwel, aaide Toni's schouder. 'Laat haar niet in de steek,' zei Doortje gedempt. 'Hoor je?' Alsof Pierre en zij door eenzelfde soort liefde verbonden waren.

12

Met forse slagen werd het antieke bed waarin Toni en Pierre sliepen door Joris ontmanteld. Joris sloeg met een hamer de houten pinnen, die het ledikant vastschroefden, stuk.

'Dat krijgen wij niet meer in elkaar,' zei Pierre. 'Straks.'

'Nee, hoe moet dat dan?' zei Toni.

'Waar het langharig werkschuw tuig langskomt groeit er geen antiek meer,' lachte Joris wellustig. Pierre droeg de planken naar de schuur. Toen hij terugkeerde had Toni twee matrassen op de vloer gelegd, elk in een hoek van de kamer, met drie meter afstand ertussen.

'Hoi, hoi,' riep Toni en sloeg een laken als een lijkwade om zich heen en liet zich op een matras vallen. 'Welterusten!'

Pierre speelde kaart met de anderen tot een eind in de nacht. In de slaapkamer wikkelde hij zich ook in een laken, zo strak mogelijk. Hij kon Toni niet zien omdat er een brandende lamp met een roze en blauw dooraderde kap tussen de twee matrassen stond.

'Waar denk je aan?' zei zij na een tijdje. 'Zal ik het je zeggen? Dat ik die matrassen expres zo ver van mekaar heb gelegd.'

'Nee,' loog hij.

'O, gelukkig,' zei zij, krabbelde overeind, rukte en sleurde tot haar matras tegen de zijne aanlag, sloeg haar arm om zijn middel.

‘Het is gek,’ zei zij, ‘maar nauwelijks had ik aan Joris gevraagd het bed uit elkaar te halen omdat ik het te benauwd vond en te klein, of het speet mij al. En nu vind ik het nog steeds jammer. Kunnen jullie het morgen weer in mekaar zetten? Of niet? Wat wil jij? Ik vond het bed eigenlijk veel leuker, met dat gepiep en het geharrewar en gescharrel met de dekens. – Nee, niet doen. Het kietelt. En ik word te vet. Sedert ik jou ken heb ik een dikke buik.’

Hij streelde haar heupbeen, krabde met zijn vingernagels over haar rug. Haar adem ging sneller. Het was alsof hij een motor op gang bracht in de winternacht, de choke, de damp, het gegrom dat een regelmatig gesnor werd. Zij trok haar knie op, rekte zich uit, rilde, wreef haar welige, weke lijf tegen hem aan.

‘Weet je,’ zei zij zacht, ‘dat Nadja sedert zij de pil niet meer neemt negen pond is aangekomen?’

‘Nee, dat weet ik niet,’ zei Pierre.

‘Hé, waarom trek je je hand weg?’

‘Zomaar.’

‘Zomaar,’ zei zij bitter. Grabbelde naar een sigaret. Vloekte. Plofte op haar buik. Doofde haar sigaret op de vloer. Snurkte. Het geluid trok de insecten, de vlinders aan uit het dennenbos. Zij fladderden door de kamer, ritselende kleine schaduwen die neerstreken over Pierre’s bezweet gezicht en over de witte zwachtels op de dubbele matras.

13

In de dorpsfeestzaal gaf de dansschool van Madame Moulin een 'séance théâtrale'. Toni en Pierre zaten tussen de getaande boeren en boerinnen met hun verrassend stille, bleke kinderen. Voor de pauze was er een Chinees schaduwspel. Omdat het licht niet nauwkeurig opgesteld stond, waren de zwarte silhouetten wat vaag, maar men kon toch het olijke spel volgen waarbij een dokter een dikbuikige patiënt met een reusachtige hamer buiten bewustzijn sloeg, toen met een zaag, een drilboor en een tuinschaar de man zijn ingewanden bewerkte en er onder het knallend geschater van de toeschouwers een tiental meter darm uithaalde. Terwijl de dokter de maag van zijn patiënt dichtnaaide, liep, onder de stuiptrekkingen en het gegier van de zaal, een herdershond weg met de darmen.

De lokale Charles Trenet zong toen *C'est si bon,* omringd door drie geplatineerde onderwijzeressen.

Na de pauze danste, op het elektrisch orgel begeleid, het ballet van Madame Moulin, vier veertienjarige meisjes in tutu. Een van de danseresjes stak een kop boven de andere uit. Zij had kort, zwart haar en vrolijke, overdadig geverfde ogen die met een brutale zwier de zaal in keken. Bij elke beweging was zij te laat, bij een te hupse draai struikelde ze, maar zij bleef, met haar ordinair lachje, heerserig, haar collegaatjes de les lezen, zij babbelde de hele tijd, zij was zich bewust van het overhaaste, hoekige van haar bewegingen maar het kon haar niet schelen, zij lachte naar de zaal en naar Toni die gloeide en naar haar keek als in een spiegel.

'Zij wil leuk gevonden worden,' zei Toni. 'Zij wil dat iedereen van haar houdt. Maar zij wil vooral niet haar best daarvoor doen. Men moet haar nemen zoals zij is en zij vertrouwt erop dat zij leuk is van zichzelf.'

Toen werd Toni langzaam stiller. Een norse, bijna verdrietige uitdrukking verscheen op haar gezicht en bleef daar. Zij gooide de half in cellofaan verpakte zuurstok die zij voor Muisje had gekocht en waarop zij was beginnen te knabbelen plots op de grond. Toen Pierre hem wou oprapen, hield zij zijn arm vast. 'Laat maar,' zei zij.

Op weg naar huis, zei zij: 'Zag je de dansleraar zitten opzij, die met zijn snor? Het leek precies mijn vader die daar zat. Ik heb hem niet anders gekend dan zo, rechtop, streng, onbeweeglijk zittend. Hij had ook een snor. Hij zat de hele dag in zijn stoel, op een rubberkussen, vanwege zijn aambeien. Ik heb in geen jaren aan hem gedacht.'

14

'Ik wil nog een kind,' zei Toni, 'maar dan moeten de omstandigheden er naar zijn, een vaste vader, een huis, want ik wil niet dat het hetzelfde meemaakt als Muisje, die van hier naar daar wordt gesleurd, met andere vaders, andere huizen.'

'Ik wil een kind van Pierre,' zei Nadja. Haar slaperige blik werd lichter, haar onderkaak zakte en haar lippen werden traag gestreeld door haar roze tongpunt. Haar doorrookte stem sloeg over. 'En jij, Pierre?'

'Uitstekend idee,' zei hij. 'Nu?'

'Nee, ik eerst,' riep Toni.

'Of tegelijk,' zei Nadja. 'Dan liggen we samen in het ziekenhuis. Kijken wie het mooiste krijgt.'

'Ook goed,' zei Toni afwezig. Zij las tien minuten in de romance van Nat Hagedoorn: *De zeven levens van Clark Gable.* Zei: 'Nee. Ik wil het niet. Stel je voor dat het bij mij niet lukt en zij krijgt een jongetje van jou en ik niet. Nee. Ik zou het, geloof ik, afkopen.'

'Voor hoeveel?' vroeg Nadja.

'Voor twintigduizend gulden. Al het geld dat ik straks van mijn moeder krijg als ze dood is.'

'Het is niet te veel voor negen maanden hard werken,' zei Nadja.

‘Of ik zou een maand of drie met een kussen op mijn buik, onder mijn jurk lopen, en het ’s nachts in het ziekenhuis komen kidnappen.’

‘Hoe zou je het noemen, Toni?’ vroeg Nadja.

‘Pietje.’

‘Hoor je dat, Pietje?’

Pietje, die kinderkleding zat te verstellen, straalde. Zij krabde, van de zenuwen, wat doelloos over haar brede ribbenkast, en stotterde: ‘Als dat waar kon zijn…’

‘Maar ik bedoelde het eerder als verkleinnaampje van Pierre,’ zei Toni.

‘Dat begrijp ik,’ zei Pietje.

‘Maar als het een meisje is?’ vroeg Nadja.

‘Jezus!’ riep Toni.

‘Dat kan niet bij ons,’ zei Pierre. ‘Want het geslacht van het kind wordt bepaald door het geslacht dat het sterkst, het heftigst was tijdens de copulatie.’

Toni zei: ‘Weet je wat jij kan, Pierre? De tyfus kan je krijgen.’

15

Pierre gaf aanwijzingen met de kaart en de Guide Michelin op zijn knieën en Toni reed langs de okeren, snelle stroom, de campings, de kastelen in de mergelsteen, de kwekerijen waar honderden grijze ganzen achter traliedraad wandelden, klaar om gekeeld te worden, de uithangborden waarop de weergaloze pâté d'oie werd aanbevolen door ganzen die verrukt lachten met matrozenpetjes op, langs kerkhoven en bossen.

Af en toe tikte Toni tegen zijn knie. 'Hé, jij!'

'Hé, jij.'

'Heet, hè?'

'Ja, wat is het heet!'

'Leuk, hè?'

'Enig.'

Zijn lijf reageerde op haar blijheid. Toen zij een onverwachte manoeuvre maakte met het stuur en haar hand langs zijn dij streek, merkte zij het, zij betastte zijn gulp.

'Hé, jij schijnt het wel gezellig te vinden. Zal ik even bij jou schakelen? Ja? Doe dan je broek maar open.' Zij vertraagde, haar hand kneep en maakte schakelbewegingen, zij proestte het uit, hij zag hoe haar naakte tenen in de gouden sandalen op en neer krulden.

Zij parkeerde bij een landweg, zij klommen moeizaam de berm op, tussen keien en zand en struiken, omhelsden elkaar vluchtig, vielen, gleden naar beneden en lagen toen achter een verdorde vijgenboom op vier vijf meter van de autoweg. Zij wentelden in het hete, droge gras, hoestten, vingernagels en haren en huid vol stof en toen zij wijd open lag, met haar ogen dichtgeperst en glimlachend in het brandende zonlicht dook hij neer naar de gekartelde gleuf tussen de schaarse krulletjes en haar opening bewoog als het hart van een bloem, een glinsterende, ademhalende mond bij de zijne en haar buik golfde. Toni rukte hem naar boven, sloeg haar voeten om hem heen, de zon werd lauwer, de grond deinde en toen gromde zij, een gejuich dat onderdrukt werd in haar keel, het vertrouwde, lage, lieflijke, lange, wegebbende geknor alsof een hevige pijn wegtrok.

Zij lag doodstil. Later, toen Toni dood was (alhoewel hij in zijn gedachten aan haar eerder het woord 'gestorven', of 'afgestorven' gebruikte), was dit het beeld dat hij steeds weer liet opdoemen op zijn innerlijk netvlies, hoe zij er lag, een nabij glooiend landschap van wit, onvast vlees, met zweetdamp over de dijen, de bijna onmerkbare stuiptrekking van de gezwollen, gekwetste plooien tussen de klishaartjes die glommen en bespat waren met witgrijze schuimvlokken en ver daarboven, vervormd, haar gloeiend gezicht, doortrokken van een lief geweld. Het was dit ogenblik dat hij (later) lokaliseerde als het moment waarop hij verwachtte, verwachten mocht, dat het vlies dat over zijn leven hing zou barsten, openkraken en openbaren wat hij werkelijk was, iets anders dat zich nog niet had kunnen manifesteren, en dat zij het zou zijn, alleen door haar aanwezigheid, die dit mirakel zou laten ontstaan tussen de voorbijrazende auto's onder hen, het gegons van de insecten, de ritseling van het droge gras, en dat eenzelfde schicht van helderheid door haar doodstille lichaam zou schieten, als zij hem zag, herkende.

'Dank je,' zei Toni.

'Tot uw dienst, mevrouw,' zei Pierre.

In de auto, nagloeiend, met brandnetelvlekken op haar kuiten en armen en schrammen op haar wangen en haar voorhoofd, lachte zij de hele tijd.

In Rocamadour liepen zij hand in hand langs de souvenirwinkels de grote stenen trap op met de 216 treden, die naar het fort leidde, naast fotograferende pelgrims.

'Vroeger deed men deze tocht op zijn knieën,' zei Pierre. 'Om de Zwarte Maagd te eren.'

'Ik ben vandaag al door de knieën gegaan,' zei Toni teder. 'En nu,' riep ze, 'wil ik een cadeau.'

Pierre onderdrukte meteen de schaduw van een gedachte, het sprankeltje wanhoop dat de kop opstak toen hij haar hoorde. De volmaakt natuurlijke manier waarop zij een verbinding legde tussen hun uitzinnige vrijerij in de zon en een mogelijke beloning daarvoor was ondraaglijk. Zij is het zich niet bewust, dacht hij, het is een vunzige erfenis, een kwalijke gedachtekronkel die zij behouden heeft uit haar jeugd, of de opvoeding door haar moeder. Als hij haar iets daarvan zou suggereren zou zij het razend ontkennen.

Hij kocht een suède broek voor haar, de duurste zonnebril in de winkel, een pet, cassettes voor de bandrecorder in de auto, een puzzel met de Kroning van Napoleon in tweeduizend stukken voor Muisje, die er pas over vijftien jaar mee kon spelen, maar wat gaf dat?

'Zeg, dit alles voor één nummertje?' vroeg Pierre.

'Jazeker,' zei Toni. 'Wacht tot wij getrouwd zijn en je elke nacht mag. Jongen, jongen, het hele fortuin van je moeder zal eraan gaan. Want ik heb besloten wettig te scheiden. Karel moet het fiksen. Ik wil zuivere koffie.'

Toen wou zij nog drie zilveren kettinkjes met paars en bleekroze geglazuurde medaillons die de Zwarte Maagd voorstelden, een voor haar, een voor Muisje en een voor Pietje.

In de tijdschriftenwinkel waar hij *Marie-Claire*, *Elle* en een astrologisch weekblaadje voor haar kocht, toonde hij haar een boek met grauwe foto's waarop acrobatische, zorgelijk kijkende dames en heren hoogstandjes uitvoerden. Zij wendde meteen haar blik af. Hij sloeg het boek open bij een plaatje waarop een bebrilde naakte vrouw op haar handen liep terwijl een Algerijn haar kuiten vasthield en met haar als een kruiwagen door een huiskamer wandelde, die met bebloemd papier behangen was en posters van Che Guevara en Trotski.

'Zoiets heb jij nog niet gedaan,' zei Pierre.

'Wat weet jij daarvan?'

'O ja?'

'Wat weet jij wat ik allemaal niet uitgehaald heb?'

Buiten, op de boulevard, greep zij zijn arm en zei: 'Het was een grapje, schat. Nee, zoiets heb ik nog nooit gedaan. Maar wij zullen het eens proberen. Ja hoor, dat komt vast.'

Hun manier van vrijen was eentonig, dacht Pierre. Meestal deden zij het zijdelings zodat hij met zijn hand het bovenste gedeelte van haar plooien kon beroeren. Het was een voorspel dat later uitgebreid moest worden, later zou zij gewend raken aan de reacties van haar lichaam, later zou zij leren hoe het onwillig nest, het gekieteld beestje tot extase en bevrijding te brengen, later – hij geloofde het niet. Zoals hij ook niet geloofde dat hun dagelijkse verhouding anders, vrijer zou worden, het bleef een oorlog van uitsluitend voorpostgevechten, een doorlopend vluchten en uitwijken, zowel van hem als van haar, want hij was besmet door haar aarzelende Kreeften-natuur. Omdat hij het wou. Op haar wou lijken.

'Wat heb je?'

'Niets,' zei hij.

'Wat heb ik nu weer misdaan? Goed, zeg het maar niet. Ook goed.'

Toen ze terugreden speelden zij de cassettes van Peggy Lee en Iron Butterfly, en de cassette die zij in de winkel gestolen had en die een sonate van Rachmaninov bleek te zijn. De zonsondergang was een prachtige ingewikkelde puzzel van 2000 stuks, met een oranje gloed en bruine schaduwen over het land, roze rotsen en blauwe weiden. Heftig geverfde velden van klaprozen.

Thuis vonden zij een geschokte, klappertandende Nadja, want de anderen waren naar het dorp, zij had een thriller gelezen over een psychopaat met een hakbijl, zij had, op van de zenuwen, te veel gegeten, was misselijk geworden, was met Ducje ver onder de lakens gekropen en toen had ze een klaaglijk gehuil gehoord dat steeds naderbij kwam, en onder haar raam, op het terras, weerklonk. Als drie vier wolven.

'Ik ben ook door een wolf aangerand,' zei Toni en trots liet ze de blauwe plekken, de schrammen, de brandnetelvlekken op haar lichaam zien. Nadja inspecteerde dit, ongelovig, een tikkeltje jaloers.

'Toen wij terugreden,' zei Toni, 'durfde ik niet in de tweede versnelling te rijden. Want we hadden klassieke muziek aanstaan. En die tweede maakt zo'n lawaai. Die muziek was zo ontroerend, ik was er ondersteboven van, ik zag aldoor beelden van mijn vroeger leven voor mij.'

Toen de nachtbrakers thuiskwamen, ging Toni naar de slaapkamer. 'Ik wil niet slapen,' zei zij, 'want deze dag was zo geweldig dat ik geen afscheid wil nemen, ik wil blijven doorsudderen.'

Overmand door vermoeidheid en door de slaaptabletten viel zij met haar gezicht in de hoofdkussens.

'Hè,' zei zij, 'ik lust best nog zo'n boterhammetje als vanmiddag, langs de weg.' Zij richtte zich half op haar knieën op, duwde haar billen in de lucht, spreidde ze, bewoog op en neer. 'Doe het hier eens,' fluisterde zij. Het lukte moeilijk, hij stootte te dringend, te haastig. Zij bracht Nivea-crème in, maar hij bleef, verbaasd om de plotse invitatie en tegelijk te zenuwachtig voor de ontmaagding daar, tegen een gesloten huls aanduwen. Toen zij kribbig en teleurgesteld vloekte, verslapte hij meteen.

'Dan maar het gewone gaatje,' zei zij, wentelde om. Midden in het geschud en gesteiger waarbij zij van de matras op de vloer waren gegleden en af en toe met een been of een arm tegen de kleerkast botsten, krijste boven een kind.

'Het is Ducje,' zei Toni. 'Ik heb er niets mee te maken.'

Het kind hield plots op, als het einde van een cassette soms, midden in een zwellende toon.

'God, Nadja heeft een kussen op zijn kopje gedrukt,' fluisterde Toni. Alleen het gesuis van de waterpomp was hoorbaar, een paar voegen kraakten vlakbij.

'Zij heeft Ducje verstikt,' zei Toni dringend. 'Zullen we gaan kijken? Nee? Nee, hè?'

Toen zij plat, uitgevloerd, nahijgde liepen dikke tranen uit haar ogen. 'Ik ben zo blij met jou,' zei zij. 'Ik wil niets liever dan met jou vrijen zoals nu, tot ik ervan moet huilen. Waarom doe ik dat niet altijd?'

Zij streelde hem, fluisterde: 'Schat, schat,' murmelde tot hij insliep. Voor het eerst eerder dan zij.

16

De volgende dag, alsof zij volgens een bepaalde wetmatigheid reageerde, die beval dat tederheid noodzakelijkerwijs gevolgd moest worden door koude, of omdat zij vond dat zij zwak was geweest en hem dat betaald wilde zetten, sprak zij nauwelijks met Pierre. Zij knipte Joris' haar, masseerde zijn schedel. En Pierre, een bedelaar voor haar minste blik of glimlach, verkilde, versteende. Een kapster, niets anders is zij, dacht hij. Hij zag de ansichtkaarten die zij twee weken geleden naar Karel wou versturen en verborg ze onder boeken. Op dat ogenblik kwam Toni binnen, zag zijn schuldige, betrapte houding en staarde naar zijn handen.

'Jezus, je handen,' zei zij.

'Wat is er?'

'Laat zien. Hier, bij het raam.' Zij nam een hand tussen duim en wijsvinger, zei met een afzichtelijke grijns: 'Bah, het zijn net handen van een dooie.'

'Ik heb ze net gewassen.'

'Wit en eng,' zei Toni.

Muisje lag op een luchtmatras te slapen op het terras. Zij droeg een van Pierre's T-shirts, als een te wijde jurk. Zij snurkte als haar moeder, in korte stootjes, een oubollig, lief, blond heksje. Een tor met goud en groen gestippelde dekschilden liep over haar borst, in haar nek, over haar kin en bleef aan haar open lippen hangen. Muisje beet in de tor, werd wakker, brulde.

17

De dag daarna, om elf uur tien 's morgens, streelde hij in het voorbijgaan haar billen. Om vijf uur tweeëndertig 's middags een tweede keer.

'Zit niet zo de hele dag aan mijn kont!' blafte zij. 'Ga weg!'

'Ga weg van mijn Moeder-de-Poeder,' zei Muisje.

's Avonds zei Toni: 'Ik weet niet wat ik heb. Ik voel me al een paar dagen klote. Is het volle maan?'

Zij zat op zijn schoot. 'Ontspan je toch, Pierre. Niet zo verkrampt. Je lijkt mij wel.'

'Weet je,' zei zij, 'een paar dagen geleden, toen ik je vroeg om het van achter te doen, kwam dat omdat Doortje me verteld had dat ik behoorlijk anaal georiënteerd ben. Is dat nou zo? Wat vind jij?'

'Misschien komt het door die aambeien,' zei Pierre.

'Het zou kunnen,' zei zij. 'Het doet soms zo'n pijn, ik ben wel verplicht eraan te denken.' Zij tikte met een speelse vinger tegen zijn neus. 'En als ik daaraan denk kan ik niet aan jou denken. – Ik wou dat er eens iemand langskwam die dit precies uit de doeken doet, hoe ik in mekaar zit, waar het vandaan komt en wat ik moet doen met mezelf, want ik ben gewoon een puinhoop. In het begin, en misschien werd ik daarom verliefd op jou, dacht ik dat jij alles voor mij zou oplossen.'

Het anale vraagstuk kwam die avond ter sprake toen het hele gezelschap aan de ronde tafel aan het pokeren was. Volgens Tineke, die ook geconstipeerd was, kwam het door de verandering in het klimaat en door het drinkwater. Joris zei dat zij niet genoeg beweging hadden. Pietjes visie was dat sommige mensen de aandrang onderdrukken, vaak uit psychische stoornissen.

'Onderdrukken,' zei Toni, 'ik doe niets anders.'

Toen zij besloten de *Medische Encyclopedie* te raadplegen, konden zij het boek nergens vinden. Muisje was er het laatst mee gezien, in het bos.

Een verwant gespreksonderwerp werd aangesneden toen Joris beweerde dat mannen die te weinig naaiden eerder last kregen van hun prostaat.

'O, maar ik wil helemaal niet dat jou dat overkomt,' zei Toni ernstig tot Pierre, en die nacht vroeg zij: 'Vond je 't leuk? Ik heb lekker meegedaan, hè?'

Pierre zei: 'Ja, hoor.'

'Maar vertel me dan wat voor andere dingen ik moet doen. Wat deed ik verkeerd? Krijg ik geen tien?'

'Een twéé voor beweging, en een ácht voor theater,' zei Pierre.

'Bah.'

'En een twíntig voor liefde,' zei hij.

'Wat ken je mij goed,' zei zij.

18

Toen was het eind van de vakantie in zicht. Nog een week. Pierre volgde Toni terwijl zij het ontbijt klaarmaakte, hout hakte voor het vuur waarbij zij vaak het bijltje tegen de stenen vloer sloeg en vonken spatten, terwijl zij pingpong speelde met ontbloot bovenlijf (om haar partner in de war te brengen, zei zij), terwijl zij sliep op het terras, of in bed op een meter afstand lag te roken.

'Wil je een glas wijn, schat?' vroeg zij.

'Dolgraag, schat,' zei hij en met wellust zag hij hoe zij het smalende van zijn imitatie opving en grimmig deed alsof zij het niet had gemerkt.

'Jij zegt niet veel, schat.'

'Jij ook niet, schat.'

Bij het kaarten had zij voor de anderen precies dezelfde wijde lach van haar gaaf gebit, precies dezelfde van opwinding glanzende blik, precies dezelfde schorre intonaties als voor hem. Zij passeerden elkaar op het terras, in huis, op de weide, in de winkels van het dorp.

'Zal ik een boterham voor je klaarmaken, schat? Wat wil je d'r op?'

'Hetzelfde als jij.'

Zij kwam terug met een serveerblad, smeerde pâté de lièvre, camembert, frambozenjam op het brood. At een boterham met pâté, gaf hem er een met kaas. Hij at niet.

'Nou, heb je geen honger?'

'Nee, niet meer.'

'God in Den Haag!' gilde zij en gooide met volle kracht haar aansteker tegen zijn borst. Rende naar haar auto, reed weg in het duister.

'Heeft zij haar paspoort bij zich?' vroeg Nadja.

'Natuurlijk niet,' zei Tineke.

Pierre zag hoe zij midden op de weg stopte, trachtte te bedaren, haar woede dempte en liet bevriezen door misprijzen, hoe lenige Franse boerenknechten de auto met de verwarde, halfnaakte, vreemde lichtekooi omsingelden, haar in het korenveld smakten. Hij liep naar het terras, tot aan de weg, wachtte een uur, belaagd door kevers en vleermuizen, tot haar auto zachtjes aangereden kwam.

Zij deed de deur open, hij stapte in, de motor bleef draaien.

'Ik heb erover nagedacht,' zei ze, 'wat er tussen ons is betekent he-le-maal niets.' Toen hij haar schouder streelde viel zij tegen hem aan, beet in zijn hals, wou zich aan hem vastsolderen. 'Ik begrijp hoe je je voelt, ik weet precies wat je wil van mij, maar ik kan er niet tegen. Jij wil mij opeten, helemaal opgaan in mij, maar dat gevoel heb ik niet!' Zij huilde. Zei, als geschrokken: 'Ben ik dan zo onaardig tegen je?'

19

Onaangekondigd, om elf uur 's morgens, terwijl zij allen, in badpak, in de keuken zaten te keuvelen, midden in een onoverzichtelijke warboel, de tafel vol kranten, volle asbakken, pannen met aangekoekte etensresten, wijnflessen, ondergoed en kinderkleren, de haard vol bergen vuile was, zagen zij, ongeschoren, ongewassen, ongeschminkt langharig tuig, mevrouw Maeterlinck, de eigenares van het landhuis in de deuropening staan. Zij had een parasol in de hand, zij hield zich kaarsrecht, en zwaaide met een beringde hand naar een bonkige man met een lage schedel en een gelige huidskleur, die met haar naar binnen kwam. Ducje begon meteen te loeien. Mevrouw nam de onmogelijke wanorde op, ontdekte meteen dat er een schot van het antieke bed tegen de schoorsteen stond waarin een vleesmes gedreven zat (want Joris had gisteren zijn behendigheid als messenwerper gedemonstreerd), dat er tekeningen van Muisje gespijkerd zaten waar haar negentiende-eeuwse schilderijtje van een pony had gehangen, dat op dit ogenblik Tineke uit de badkamer kwam met natte sliertharen en gewikkeld in de Schotse kamerjas van mijnheer Maeterlinck.

'Het is hier wel anders dan gewoonlijk,' bracht zij uit. 'Nietwaar, Germain?' De gelige man knikte heftig. Zij deed een stapje naar voren, zij vond zichzelf heel moedig om het zigeunervolk met zijn bacillen en zijn geur van hasjiesj te trotseren. Toni maalde traag op kauwgom, Pierre zag hoe spannend zij de situatie vond, zij tintelde.

'Wat leuk dat u ons komt bezoeken,' zei Toni, 'want weet u, het toilet is verstopt.'

Muisje, die met gele waterverf een tafelpoot bekliederde, werd door Tineke, die meende dat het onopvallend gebeurde, opzij getrokken en begon zonder veel overtuiging maar krachtig te dreinen.

'Dat weet ik, mevrouw,' zei mevrouw Maeterlinck, 'de loodgieter heeft het mij gemeld. En hij beweert dat u het toilet volgegooid hebt met allerlei voorwerpen.'

'Zoals, mevrouw, zoals?' vroeg Joris olijk.

'Hij heeft de voorwerpen bewaard, meneer,' zei mevrouw.

'Als bewijs?' vroeg Pietje.

'Ja,' zei mevrouw. Zij wou weggaan maar kon haar ogen niet afhouden van haar tot hippietempel omgetoverde keuken. De gelige man hield haar in de gaten, klaar om haar platinablonde, gelakte haarstuk te beschermen.

'Ik hoop, mevrouw, dat u die kamerjas zult laten stomen,' richtte de landsvrouw zich tot Tineke.

'Natuurlijk,' zei Tineke.

Koel, onaantastbaar wendde mevrouw zich toen frontaal tot het schurftige volk. 'Sedert tien jaar verhuren mijn man en ik dit huis en nog nooit heeft een van onze gasten zich zo tegenover dit huis gedragen.' Er verscheen een lichte blos op haar gezicht, zij praatte sneller. 'Wij hebben ons best gedaan om hier iets moois en aangenaams te maken. Het spijt mij dat ik moet constateren dat u daar niets van begrepen hebt.'

'Er waren intieme voorwerpen in de toiletten,' zei de gelige man met een dun, slissend stemmetje.

'Ik verkies verder niet meer met u te praten,' zei mevrouw. '*Venez*, Germain. Mijn vertrouwensman in Les Eyzies zal deze zaak verder met u afhandelen wat de onkosten betreft.'

Terwijl mevrouw Maeterlinck naar haar rode sportauto liep, stortte Toni zich op het terras en kreeg er een lachaanval. Pietje en Nadja, en toen Joris, kwamen bij Toni, het werkte aanstekelijk, een bevrijdende explosie van geschater weerklonk, iedereen gierde want de rode Triumph wou niet starten. Met de handen op de heupen lachte Toni het hardst, tot tranen toe, en ineens ging ze met een hink-stap-sprong tot bij de auto en joelde heel hoog, als een arbeidersmeisje dat tijdens een staking de directeur uitjouwt, tot de auto met een scherpe zwaai langs haar wegscheerde.

Toni kwam naar Pierre toe en sloeg hem op zijn rug. De slappe lach deinde uit.

'O God, ik word niet goed,' hijgde Toni en bijna zonder overgang zei ze: 'Pierre, wat ben jij een schijthuis! Je deed helemaal niet mee. Of trek je partij voor haar?'

'Nou, ik kan haar wel begrijpen.'

'Dat dacht ik al,' zei Toni nijdig.

'Dat mens!' riep Tineke. 'Ik kwam niet meer bij!'

'Waarom zei jij niks tegen haar?' vroeg Toni.

'Omdat ik het huis niet gehuurd heb.'

'O, omdat ik alleen verantwoordelijk ben? Jij hebt er niets mee te maken?'

'Eigenlijk niet.'

'O, eigenlijk niet.' Zij herhaalde het met een grijns die haar onderste tanden en het tandvlees vrij liet. 'Ik wist wel dat als ik ooit enige steun van jou moet verwachten dat je dan pleite bent.' Zij rukte het penseel uit Muisjes hand en begon haar kind uit te schelden. Muisje vluchtte in Pierre's armen, riep: 'Papa, papa!' Pierre tilde haar op.

'Kom hier, Muis!' brulde Toni.

'Nee. Nee. Ik blijf bij papa!' Het kind klauwde aan zijn nek.

'Dat is godverdomme je papa niet!' riep Toni en trok Muisje los. Zij babbelde tegen haar, beloofde chocolaatjes. Iets later zongen moeder en kind luidkeels: 'Ajax! Ajax wint de wereldcup!' op het terras.

20

'Ik geloof dat ik zwanger ben. Mijn tieten zijn zo dik,' zei Toni.

Tineke trok haar pupillen omhoog tot er alleen maar een witte streep zichtbaar was. 'Mens, de keren dat je dat aangekondigd hebt.'

'Ik weet het zeker,' zei Toni.

'Nou, dan hou je nog iets over van deze vakantie,' zei Joris.

'En ik heb ook doorlopend zin in iets zuurs. Het wordt vast een jongetje. – Als het echt waar zou zijn dat ik een kind van je kreeg, nou Pierre, dan had je geen kind meer aan mij. Ik word zo aardig, zo rustig als ik zwanger ben. Ik zou alleen aan het kind en aan een huis en aan jou denken de hele tijd. Je zou mij niet herkennen. Karel kon zijn ogen niet geloven indertijd. En maar lakens strijken, en asbakken legen, de kopjes keurig in de kast, en maar luiers opvouwen en rangschikken. Maar dan moet ik wel een huis hebben, met jou samen. Muisje, kom eens hier. Geef Pierre eens een kusje.'

Het kind kwam op zijn knie zitten, gaf snelle, natte kusjes.

'En nu moet je vragen: Pierre, mag ik met mijn mama in jouw huis komen wonen?'

Muisje zei het na, met de lijzige toon van haar vader, en met een koket, verleidelijk lachje, zij was zelfverzekerd, al bewust van haar charmes. Zij zei er meteen achter: 'En mag ik ook een plastic regenjas hebben, zoals Basje?'

'Jij krijgt alles,' zei Pierre.

'Ik ook? Krijg ik ook alles?' riep Toni.

'Jij hebt al alles.'

'Ja. Maar ik spuug erop, wil je zeggen. Is dat het? Je hebt gelijk.'

'Een flink pak op je billen, eens behoorlijk door de kamer geranseld, dat moest jij hebben,' zei Joris.

'Dat is zo,' zei Toni mat. 'Ja. Zoiets zou er moeten gebeuren.'

21

Zij speelden voor het laatst pingpong. Alles stond ingepakt. Het antieke bed werd schots en scheef in mekaar gezet en zou met een moordklap ineenkletteren zodra iemand erop ging zitten. De vloeren werden geschrobd. Met een bezem werden alle peuken, vodjes, kapot speelgoed, etensresten van het terras in de struiken ernaast gezwiept.

'Wil je nog een slokje cognac?'

'Ja, voor de laatste dag,' zei Pierre.

'Is dit de laatste dag voor ons samen?'

'Natuurlijk niet. Ik moet toch nog met jou meerijden naar Amsterdam. Nee, schat, wij hebben nog twee dagen.'

'O, dat is waar.'

'Nog één keer slapen,' zei Pierre bijna vrolijk.

Het trof haar. Zij vlijde zich uitdagend tegen Joris aan, zei Joris' naam om de twee minuten. Toen overwon zij iets, liep langzaam op Pierre toe die in een ligstoel lag in zijn zwembroek, en kuste hem lang op de mond. Pietje, die er treurig bij liep, want zij had het zo'n enige vakantie gevonden, zei zij, hurkte naast Pierre en kuste zijn wang, liep toen in tranen weg.

'Hé, wat is dat?' zei Toni laag lachend. 'Heb jij een erectie? Windt Pietje jou zo op?'

'Nee,' zei Pierre, 'het is uit puur verdriet dat ik de mooie

Dordogne met zijn machtige rivier, zijn kunststeden en paleologische vondsten, zijn geraffineerde maar toch volkse keuken, moet verlaten.'

'Een erectie van verdriet! Dat heb ik nog nooit gezien. Laat eens kijken!' Zij trok zijn broekje naar beneden. 'Inderdaad. Ach, wat verdrietig staat hij erbij.'

Zij fluisterde tegen zijn gezicht: 'Zullen we even het bosje in lopen, voor de laatste dag?'

Hij kwam overeind.

'O, Muisje, Muisje,' kreet zij. 'O God!' Het kind at volle happen van de varens. Zij sloeg het hard op haar rug tot het de laatste draadjes van het woudgroene, drabbige prakje had uitgespuwd. Zag Pierre staan, zei: 'Ga jij vast naar het bosje, ik kom zo.'

'Het hoeft niet, hoor,' zei Pierre.

'O, nee?' Zij naderde. 'Wat doe je dan daarmee? Ik dacht dat als mannen zó waren, dat ze dan meteen moesten. Dat hebben mijn mannen mij altijd verteld.'

Zonder te antwoorden, bijna kokhalzend, ging Pierre zich aankleden. Haar mannen, haar mannen. En zij, die als een kalf, mak en gelovig, ging liggen.

Toen zij bij de auto's stonden zei Toni nog: 'Nadja, kan ik bij jou logeren in Amsterdam? Ik heb geen zin om naar mijn flat te gaan, naar die vieze boel daar.'

'Kun je niet een paar dagen bij Pierre blijven?'

'Nee,' zei Toni, 'hij wil nog één keer bij mij slapen en dan is het uit. Is het niet zo, schat?'

'Zoals je wil, schat,' zei Pierre.

22

Op de terugweg was Toni aanvankelijk vrij opgewekt, opgelucht omdat zij bevrijd was van de anderen, maar toen Pierre, die overvallen werd door afgrondelijke treurnis, een hele tijd niets zei, of uit de gids wetenswaardigheden over de voorbijrazende stadjes voorlas, praatte zij uitsluitend tegen de andere weggebruikers. 'Ja hoor, schat, ik heb je gezien.' – 'Dank je wel, lieverd, voor je keurige signaal.' – 'Kom op, engerd, schiet op.'

Muisje sliep meestal, maar bij Guéret at zij drie anticonceptiepillen van Toni op.

'Hè, jij rare Muis,' zei Toni nurks.

'Moet ze dat nu uitspuwen?' vroeg Pierre bezorgd.

'Nee. Het kan geen kwaad.'

'Nou, je hebt ze voorlopig toch niet meer nodig.'

Zij bleef bitter naar de weg kijken. 'Ik geloof het niet.'

'Tenzij er gauw een nieuwe prins opdaagt.'

'Nooit,' zei Toni. 'Als het uit is met jou, wil ik niemand meer. Uit, voorgoed uit met die boel. Ik ga alleen wonen met Muisje, ik begin er nooit meer aan.'

Zij logeerden in een hotelletje van Argenton.

Hij bestelde champagne. 'Om onze laatste nacht te vieren,' zei Pierre.

'Op je gezondheid, schat,' zei zij.

'A nos amours,' zei hij.

Alhoewel er een klein bed extra in de kamer stond, wat hij aan de receptie gevraagd had, installeerde zij het kind tussen hen in. Muisje stoeide de hele nacht, rammelde tegen de spijlen van het bed, danste op Pierre's buik terwijl Toni sliep als een roos.

Toen zij voorbij de Nederlandse grens reden, het platte landschap, de regelmatige huizenbouw, de vertrouwde wegwijzers terugvonden, zei hij: 'Als je wil, slaan wij nu af, in de richting van Duitsland. Als je wil, rijden wij gewoon door naar Denemarken, ik huur er een huis aan het strand en wij blijven er wonen, met zijn drieën.'

Zij kreeg vochtige ogen, haar brede mond met de weigerachtige lippen beefde. 'Wat ben je toch aardig,' zei zij.

'Je kunt hier afslaan, als je wil.'

'Het zou net zozeer een vlucht zijn,' zei zij.

In haar flat in Buitenveldert stonk het van de rottende etensresten, de planten waren verdord, de post bevatte niets dan dwangbevelen, aanmaningen. Zij gooide het hele pak op de grond, tussen de pannen en de glazen met kliekjes wijn waar schimmel op stond. Muisje fietste, opgewekt kraaiend, door het huis, begroette de meubelen en haar poppen. Toni schonk sherry in, hurkte op een matras op de vloer, las *Televizier*. 'Later zal je zien dat het best een leuke vakantie was.'

'Precies. Dat was het, best leuk.'

'Méér had je niet mogen verwachten.'

'Dat is waar,' zei hij, 'daar had ik niet voldoende rekening mee gehouden. Ik had niets moeten verwachten. Nou, dan ga ik.'

'Dag, schat.' Zij verroerde niet.

'Adieu,' zei hij. Toen hij bij de deur was, kwam zij hem achternagelopen, nam zijn bovenarm vast. 'Ik weet wat ik zou moeten doen opdat je bij mij zou blijven vannacht, om het gezellig te hebben samen, en ik vind het zelf vreselijk om hier alleen achter te blijven in deze troep, maar ik kan niet iets doen als ik het gevoel heb dat ik moet.' Zij plukte aan zijn hemd, zoals zij aan stofjes, doekjes voelde. 'Ik hou van jou,' zei zij.

'Hoe weet je dat?'

'Ik kan je niet missen?'

'Is dat de enige verklaring?'

'Noem jij dan een andere verklaring?'

'Ik weet er geen.'

'Hou dan je smoel,' zei ze, bijna teder. 'Dat ik jou niet kan missen, is dat ook nog niet voldoende? Weet je wat, ga een eindje wandelen. Als je zin hebt, kom je terug, het geeft niet hoe laat.'

'Ik ga voorgoed wandelen,' zei Pierre.

ZOMER

1

Na drie dagen belde hij haar.

'Ik bel je vanavond rond acht uur,' zei zij. 'Want ik ben vreselijk bezig.'

'Waarmee?'

'Met dingetjes.'

Zij belde om middernacht toen hij al sliep.

'Kon nie eerder. Ben dronken.'

Een lange stilte.

'Vertel eens wat,' zei Pierre.

''k Heb niks te ftelle.'

Hij hoorde haar snelle adem, het duurde lang.

'Hoe voel je je?'

'Klote.'

'Ga dan slapen,' zei hij en gooide de hoorn neer. Belde twee minuten later maar zij nam niet meer op. Of had zij van ergens anders gebeld?

'Het kan me niet verrotten,' zei hij hardop. 'De kanker kan zij krijgen.'

Een zaak die hangende was in Zeeland en die hij vóór de vakantie al had uitgesteld, steeds weer had verschoven tot verbazing van de directeur, moest dringend behandeld worden in Middelburg. Hij bleef vier dagen in een hotel in Veere logeren dat met torens en gotische ramen uitkeek op het water en verbeeldde zich dat zij bij hem zat aan het ontbijt, in de naar stijfsel geurende lakens lag 's nachts, tegen zijn borst, luisterend naar Radio Veronica en toen naar het geklots van de golven. Terug in Amsterdam merkte Pierre dat zij bij hem thuis was geweest. Op het tafeltje naast de telefoon stond een bord uiensoep met de lepel erin gekoekt en een half kopje koffie met acht Gauloise-peuken erin. De bovenste helft van het telefoonboek was helemaal volgekrabbeld met bloemetjes. Hij probeerde er achter te komen of zijn naam soms onder het netwerk van cirkeltjes en gebogen streepjes te lezen was en vond: *ha* of *hal. Hallo*? Het blikje van de uiensoep lag op het gasstel. Zijn eerste gedachte was: Ik moet haar zo gauw mogelijk de sleutel van mijn huis terugvragen.

Twee dagen lang belde hij haar nummer om het halfuur. Misschien was haar telefoon afgesneden. Of logeerde zij bij Tineke of Nadja. Maar daar belde hij haar niet.

Zijn secretaresse op kantoor zei dat zij hem nukkig vond, dat hij niet luisterde als zij wat zei, dat de directeur ook toespelingen had gemaakt over zijn afwezige, ongeïnteresseerde manier van doen. Hij nam haar mee naar het Hilton Hotel en verbeeldde zich dat hij Toni bereed, als een beest.

2

Hij wachtte in een portiek, vlak bij de kapperszaak *Hermes*, rond sluitingstijd. Zij kwam als een der eersten naar buiten, sprong de laatste trapjes af, alsof zij dringend ergens heen moest rennen.

'Hallo.'

'Hallo,' zei zij, met moeite verwonderd, en liep door, met gebogen hoofd. Toen hij op haar hoogte kwam, trok hij aan haar arm met het tasje.

'Wat is er aan de hand?' Zijn stem klonk bedaard.

'Dat zeg ik je later wel,' zei Toni en maakte zich los.

'Nu,' zei hij. Een snauw, die haar afremde.

Zij groette een paar meisjes die langskwamen, zei toen lijzig, met een lome, verzadigde uitdrukking op haar gezicht, dat pafferig was en krijtwit, zodat hij zich afvroeg of het een schminklaag was of dat het door de ontmoeting kwam: 'Ik heb iets stouts gedaan.'

'Met wie?' zei Pierre luchtig. 'Ken ik hem?'

'Ja.'

'Wie dan?'

'Laten we een afspraak maken. Morgen. Dan kunnen wij erover praten.'

'Was het leuk?'

'Ja. Anders.'

‘Wie was het dan?’ Het klonk als: Wie was het, Daan? ‘Wie? Alsjeblieft. Zeg het me nou. Dít mag ik je toch vragen.’

De verzadigde uitdrukking had iets uitdagends, als van een hoogzwangere vrouw. ‘Ik ben naar bed geweest met Gied Mulder.’

‘Dat is jammer,’ zei Pierre. ‘Heel jammer.’

Gied Mulder was de chauffeur van *Hermes*, een benige jongen met kroeshaar en grijze ogen die te dicht bij elkaar stonden.

‘Hij is kleiner dan jij,’ zei Pierre, alsof hij dit voor het eerst ontdekte, alsof Gied naast haar stond. Het leek alsof zij wou glimlachen. ‘Ben je verliefd op hem?’

‘Dat weet ik niet zo goed.’

‘Moet je nu naar hem toe?’

‘Ja.’ Zij zette zich meteen in beweging, hij liep naast haar, het tasje zwengelde tussen hen. ‘Ik ben er ziek van,’ zei zij. ‘Helemaal in de war. Wij hebben het de hele tijd over jou. Laat me nou.’

Zij stond stil, wijdbeens, alsof ze het zaad van Gied uit zich liet lopen. ‘Misschien is het al voorbij.’

‘Wat?’

‘Mijn verliefdheid op Gied. Misschien is het binnen een week al afgelopen, het zit er dik in. Ik bel je wel.’

Met kleine, voor haar ongewoon damesachtige pasjes, liep ze weg en sloeg de eerste zijstraat in. Hij draafde tot aan de hoek, riep tegen haar rug: ‘Vieze kapster!’ maar te zacht.

3

‘Mag ik eerst een glaasje wijn?’ vroeg Toni. Pierre had een uur geleden al een fles ontkurkt en een glas klaargezet bij de zwartleren fauteuil.

‘Dit zijn de feiten,’ kondigde zij aan. Zij had blijkbaar haar verhaal thuis gerepeteerd, zij vertelde het zonder hapering, zonder emotie.

Trees, een van de jongere kapsters bij *Hermes*, had haar, vóór de vakantie al, vaak de groeten overgebracht van de chauffeur, met de melding dat hij dolverliefd was op haar. Zij had toen inderdaad af en toe zijn branderige blikken opgevangen en een week geleden had zij met hem een glaasje gedronken op het terras van het Leidseplein.

‘Waarom?’ vroeg Pierre, schonk in. Hij wou dat zij dronken werd.

‘Omdat, toen Trees er weer over begon, ik ook verliefd werd op hem. Ik heb het hem toen gezegd.’

‘Op het Leidseplein?’

‘Ja. Ik zei: “Ik geloof dat ik verliefd ben op jou.” Toen hebben wij elkaar gekust, iedereen kon het zien. Ik ben toen meegeweest naar zijn kamer in Slotermeer. Maar daarvóór zei hij: “Ik moet iemand opbellen.” Dat was zijn vriendin, een gescheiden vrouw met twee kinderen die met hem wou trouwen. Hij vertelde mij dat pas toen hij van de telefoon terugkwam. “Ik ben je heel dankbaar,” zei hij, “want door jou heb ik gemerkt dat ik verschrikkelijk opzag tegen dat huwelijk, dat ik mij eigenlijk helemaal niet wou binden.” En ik zei: “Ik voel precies hetzelfde, ik wil me ook niet aan Pierre binden en ik voel me nu ook bevrijd van hem, ik kan gewoon weer ademhalen, want ik was niet tegen Pierre opgewassen.” En in zijn kamer zijn wij op bed gaan liggen en hebben wij geknuffeld.’

‘Streelde jij hem?’

‘Ja, ik ook.’

‘Meer dan je mij streelde?’

‘Beslist. Veel meer.’

‘Hij is dus aantrekkelijker dan ik?’

‘Ja. Ja, denk ik.’

‘Jullie lijken op elkaar,’ zei Pierre.

‘Hoezo?’

‘Jullie hebben alle twee dat ongewassene, dat groezelige. Heeft hij geen vieze voeten?’

‘Nee,’ zei zij. ‘Daar vergis je je in.’

‘Jij hebt wel vieze voeten.’

‘Ja, ik wel. – En toen hebben we geneukt.’

‘Ben je klaargekomen?’

‘Nee. Dat kon ook niet.’

‘Waarom niet?’

‘Ik heb hem verteld dat ik het daar moeilijk mee had. En dat jij de enige was die dat ooit bij mij had bereikt.’

‘En zei hij toen: Maak je geen zorgen, schatje, dat komt nog best in orde met ons, later?’

‘Hij zegt zulke dingen niet.’

‘In wat verschilde hij van mij, in bed?’

‘Jij hield je meer met mij bezig. Hij denkt alleen aan wat er met hemzelf gebeurt.’

‘En streelde je hem terwijl hij bezig was?’

‘Een beetje. Over zijn rug.’

‘Bewoog je? Deed je alsof je ’t prettig vond?’

‘Nee. Ik bleef gewoon liggen.’

‘Zoals bij mij.’

‘Ja, zoals heel vaak bij jou. – Heb je nog wat wijn?’

Hij haalde een nieuwe fles in de keuken, hij wou dansen, een triomfdansje vol minachting voor de verse minnaars, voor hun onbekwaam gescharrel. Maar toen hij terugkwam ebde dat weg.

‘Daarop ben ik naar huis gereden. En als jou dat plezier kan doen, ik heb de hele weg lang gesnikt van ellende.’

De volgende dag was de chauffeur naar haar flat in Buitenveldert gekomen en hadden zij ’s middags gevrijd, maar waren er middenin mee opgehouden.

‘Jij hield op,’ zei Pierre. Te snel.

‘Nee. Hij.’

‘Waarom?’

Een oerdomme uitdrukking van trots en tederheid klaarde haar hoogrood, gezwollen gezicht op. ‘Hij zei dat hij het zo heerlijk vond dat hij niet wou doorgaan.’

Toen waren zij vroeg gaan slapen, omdat zij allebei doodmoe waren.

‘Wat? Bleef hij slapen in ons bedje, op ons lekker vunzig matrasje op de vloer? Néé!’

‘Jawel,’ zei zij en proestte het uit. ‘Bah!’ zei ze toen, dronk, staarde naar haar gekneusde voeten met de dikke blauwe aders.

Zij hadden elkaar een welterusten-kusje gegeven, Gied had zich omgedraaid, zij ook en met hun billen tegen elkaar waren zij meteen ingeslapen. 's Morgens hadden zij nog wat geknuffeld, 'en dat is het zo ongeveer,' zei Toni.

'Is het een aardige jongen?'

'Hij is ongecompliceerd, direct, open. Het is een zeer ernstige jongen. Hij lacht bijna nooit. Toen ik hem vertelde dat ik de Volkswagen van jou gekregen had, zei hij dat ik hem terug moest geven. Maar ik zei dat je die auto toch niet terug zou willen. Is het niet zo?'

'Ik wil niets terug van jou,' zei Pierre moe.

'Hij wil ook Muisje laten dopen. Want hij is katholiek.'

Opeens begon zij te huilen. En zij vloekte omdat zij huilde. Zij had ongeveer anderhalve fles bourgogne op. Pierre kuste haar natte oogleden, krabde in haar nekhaar. Zij trok hem naar zich toe tot hij, moeilijk, log, op haar schoot zat en kuste hem met wijd open, volle lippen. Pierre was geschokt door de bijna wellustige overgave van iemand die pas aan een nieuwe, andere liefde begonnen was. Hij ging op de sofa zitten, zei koel: 'Nou, dat was het dan. Het is een mooi verhaal. Ik hoop dat je gelukkig wordt met Gied.'

'Moet ik nu weg?' vroeg Toni.

'Ik vind van wel. Gied staat al te trappelen.'

'Misschien kom ik gauw weer op bezoek,' zei Toni en kwam overeind, rekte zich uit in een poging om frivool-afstandelijk te doen, midden in het gebaar hield ze op en zei lodderig: 'Misschien gaan wij zelfs gauw weer naar bed. Je kunt nooit weten.'

'Waarom nu niet?' vroeg Pierre.

Zij keek hem ongelovig aan. Hij drong aan: 'Voor de laatste keer. Daarna nooit meer.'

‘Je weet dat dit niet kan, Pierre.’

Zij raapte haar tasje op, stapte naar de deur, hij zag haar schouders schokken en toen zij zich omdraaide, met een van pijn verwrongen, zwetend gezicht, greep hij haar schouders. Zijn stem sloeg over, terwijl hij stotterde, de schaterende vogel in hem die om wraak riep bedwong: ‘Nee, ik wil niet naar bed. Maar laat mij jou dan nog even naakt zien, voor het laatst, het is het enige wat ik je vraag, als je ooit iets voor mij gevoeld hebt, moet je het doen.’

‘Goed,’ schreeuwde Toni. ‘Goed, als je dat wil, dan kan je het godverdomme nog krijgen ook.’

Zij smakte haar tasje op de grond en met woedende rukken plukte zij haar jurk van haar lijf, stampte erop, trok haar bh los, hief een gewelfde brede dij, stroopte haar broekje af en stond met eventjes gespreide dijen, met haar handen in haar heupen. Zij stak haar buik naar voren, en perste dan haar handen tegen haar billen als om haar venusheuvel nog verder vooruit te duwen, terwijl zij met haar heupen wiegde, in een aandoenlijk onvolkomen parodie van een stripteasedanseres van wie zij ook de verleidelijke lach probeerde te imiteren, een walgelijk gegrinnik reet haar lippen uiteen, zij krijste: ‘Is het zo goed?’

Pierre duwde haar achterover op de sofa. Haar ribben, haar buik schokten en hij streelde, terwijl zijn lichaam onaangedaan bleef, het koele lijf dat hij nog nooit zo naakt had gezien en dat bleef trillen en snikken. Terwijl zij zijn hand in de hare klemde dacht Pierre dat hij haar ringvinger kon breken. Maar misschien kreeg hij de vinger in één ruk niet meteen stuk, het bot kon meegeven, misschien ging een pink makkelijker en als die gekraakt was kon hij haar verpletteren onder zijn gewicht en de wijsvinger breken. Dan sleur ik haar bij haar natte haar naar de trap, en duw uit alle macht met de punt van mijn schoen tegen de ruggenwervel vlak boven haar billen; als zij beneden aan de trap is gekwakt, is een elleboog, een sleutelbeen gebarsten, de wervelkolom versplinterd, en ik ren langs haar ineengezakte vetmassa naar mijn auto, trap op de pedaal.

Hij bleef haar strelen, een vertrouwde route over haar kuiten, haar knievouwen, de lenden, de nek. Als ik mezelf wat opjut, glij ik zo in haar naar binnen, makkelijk, het is zo bekeken.

Tot zijn verbazing begon hij te huilen. Hij kon het tegenhouden, maar het gebeurde niet.

'Toe nou,' zei Toni, 'mijn liefje, toe nou,' en drukte zijn gezicht tegen haar witte, koele borsten en hij deinde mee terwijl zij hem wiegde. 'Ik hou van jou,' zei hij zes, zeven keer na mekaar. 'Dat weet ik,' zei zij en zij wreef met haar vingers het snot van zijn neus. Hij zei: 'Ik kan het niet verdragen dat dit weggaat van mij.'

Zij bewoog zijn gezicht tegen haar navel, haar schaamhaar. Hij plooide de lippen uit elkaar, bracht zijn wijsvinger in, en haar knieën weken, als onafhankelijk van haar lichaam, uit elkaar. Pierre schaamde zich voor de spotvogel die in hem kwetterde: Gied, Gied, hier ligt je lief, en ergerde zich aan de lijdzaamheid waarmee zij zich liet vingeren en hij richtte zich op, merkte dat zijn tranen niet hadden opgehouden te vloeien, hij ging naar de badkamer, bette zijn gezicht, dat in de spiegel dat van een vreemdeling was. Sinds zijn twaalfde of dertiende jaar had hij niet meer gehuild waar iemand bij was. Toen, omdat hij de vreemdeling zag, de andere, voelde hij zich opgelucht.

Zij kamde haar haar. 'Is er nog wijn?' vroeg zij. Hij schonk in. 'Ik weet bijna zeker dat het fout gaat met Gied. Hij is, dat vrees ik nu al, niets anders dan een vlucht voor jou, voor die klem van jou.'

'Jij wil gewoon iets anders,' zei Pierre.

'Misschien. Maar goed, het is nu zo. Ik wil mijn huis wat opknappen. Ik heb een lichtblauwe, nylon vloerbedekking besteld, dan is dat gezelliger als Gied komt. Hij wil dat wij apart blijven wonen, want hij heeft een heleboel verhoudingen stuk zien gaan, zegt hij, omdat mensen op elkaars lip zaten.'

Pierre reed met haar mee naar Buitenveldert, want Gied was bij zijn vriendin om afscheid te nemen en zij wou niet alleen zijn.

Muisje juichte toen zij Pierre zag. Hij gooide haar op en neer in de lucht, tot zij de hik kreeg.

'Waar kan ik zitten?' vroeg Pierre.

'Waar je wil, schat.'

'Ik bedoel, waar hebben Gied en jij nog niet gezeten?'

'Daar en daar,' wees zij.

Zij lag op de sofa. 'Ik zit in een grote put,' zei zij somber. 'Ik begeef me in iets dat helemaal niets is. Ik zou dit niet mogen zeggen, maar het is zo.'

'O, Pierre!' riep Muisje. 'Ga weg! Je zit op de kaarten van Gied!' Toni zei, verontschuldigend, dat Gied de hele morgen met Muisje had gekaart, terwijl zij sliep.

'Vind je Gied leuk, Muisje?' vroeg Pierre.

'Heel, heel, heel erg leuk,' zei het kind. 'Hij heeft het oog van Beertje weer vastgeprikt en hij heeft een heleboel haar op zijn plassertje.'

'God in Den Haag,' lachte Toni. 'Met zo'n kind kan je niet eens een keer vreemdgaan of ze verraadt het.'

Pierre vond achter de bank een plaid van zijn auto. 'Hebben jullie hier iets mee uitgehaald?'

'Nee, Pierre,' zei Toni kalm. 'Wij hebben dat niet gebruikt. Neem maar weer mee, schat. Neem alles mee wat van jou is.'

In de badkamer haalde hij zijn scheerapparaat weg en twee handdoeken. Hij raapte haar bleek- en stukgewassen broekjes op en zocht naar sporen. Uit de besmuikte rommel van haar plastic toilettas haalde hij een fles *Agarol*, brak ze stuk in de vuilnisemmer van de keuken, begroef ze onder koolbladeren. Het feit dat zij de volgende dag geconstipeerd zou blijven bracht haar nader tot hem, tot hun korte verleden samen.

Toen hij wegging en haar kuste, wroette haar tong in zijn mond.

'Het is Karels schuld,' zei ze. 'Hij heeft wraak genomen op ons. Hij heeft mij stukgemaakt, en blijft mij achtervolgen. Hij heeft onze verhouding verbroken. Hij blijft in mij zitten.'

4

Twee dagen later belde hij haar op, om een uur 's nachts.

'Is Gied bij jou?'

'Nee.'

'Ik weet niet hoe ik deze nacht nog moet doorkomen,' zei hij. Hij had een fles whisky leeggedronken, en werd niet echt dronken, bleef de verwrongen, van kwijl en grijs slijm bedropen lichamen zien.

'Zal ik je komen halen?' vroeg zij.

Hij nam een douche. Hij dacht: Ik naai haar bont en blauw. Maar hij wist dat het niet zou gebeuren. Hij vond overigens, paniekerig, dat zijn penis duidelijk smaller was, geslonken was de laatste week.

'Ik heb met Gied gebeld om te vragen of hij het goed vond dat je bij mij overnachtte. Ik zei dat je niet wist hoe je anders de nacht zou doorkomen. Hij vond het goed.'

Zij kleedde zich uit, hield haar ondergoed aan. Hij likte aan haar okselhaar. Zij zei: 'Eigenlijk wil ik terug naar Karel. Maar misschien valt het wel mee, met Gied.'

Haar buik lag tegen de zijne, het betekende niets.

'Gied kan goed opschieten met Muisje. Jij niet. Ik ook niet zo goed. – Wat leuk is van Gied, is dat hij gewoon naast mij kan zitten en naar de tv kijken een avond lang, en dat hij daarna twaalf uur kan slapen, zonder dat ik me schuldig voel omdat ik niet met hem vrij. – Hij komt uit de streek van Nijmegen, zoals ik. Misschien speelt dat ook mee. – Weet je, Pierre, het is gewoon gezelliger met hem. Misschien omdat hij ook uit een groot gezin komt, zoals ik. Normaal zou ik nooit op zo'n jongen vallen, natuurlijk...'

'Maar hij is zo lelijk,' zei Pierre.

'Daar kan die jongen toch niets aan doen!' riep zij plots driftig. Zij hurkte tegen de muur, dronk aan de fles sherry, zoals zovele keren, zoals vroeger.

'Overigens heb ik ontdekt,' zei zij, 'dat al dit gevrij mij niets meer kan schelen. Ik kan makkelijk zonder.'

'Dat is het ergste wat je tegen mij kan zeggen,' zei Pierre.

Zij dacht na. Riep toen plots: 'O, begrijp me niet verkeerd. Het was, toen ik je leerde kennen, het allerbelangrijkste. En ik zal je altijd dankbaar zijn dat je mij dat hebt leren kennen, dat gevoel. Maar nu weet ik dat ik het kan voelen, net als andere vrouwen, en daarom hoeft het niet meer zo nodig. – Want met Gied wordt het ook niks, in dat opzicht, dat weet ik nu al. Hoe wil je dat die jongen zo goed is in die dingen als jij?'

Toen zei zij. 'Ik wil alles, dat is mijn probleem. Ik wil het gezellig hebben, vrij zijn en tegelijkertijd wil ik het moeilijk hebben en vrijen en diepe gevoelens ondergaan en spanningen, en voor dit alles wil ik niets doen als tegenprestatie, dit moet vanzelf komen. O, waarom kom ik niet een man tegen die mij dit geeft?'

Later, in haar slaap, sloeg zij haar been over het zijne, frummelde als aan een doekje aan zijn haar. Hij trok behoedzaam haar ondergoed uit, streelde haar heel zacht, bijna mechanisch, zonder begeerte, met een soort eerbied.

'God zal me!' riep ze 's morgens toen zij in de badkamer

haar verwoest gezicht zag, met de strepen onder de ogen, de rode vlekken van couperose.

‘Moet je niet naar kantoor?’ vroeg ze.

‘Jawel.’

‘Van mij hoef je niet weg te gaan, hoor.’

‘Komt Gied dan niet zo meteen?’

‘Jawel, maar hij belt eerst.’

Bij de deur zei ze: ‘Ik geloof dat ik één maand nodig heb om te weten of het lukt met Gied.’

Pierre wou haar een oorveeg geven die haar kaakbeen ontwrichtte, wegrennen.

‘Eén maand,’ zei ze. ‘En dan wil ik nog een maand alleen zijn om dit te verwerken.’

‘Wat ga je doen als hij straks komt?’

‘Praten. Misschien wat knuffelen. Of neuken. Waarom niet? Ik ben jou toch kwijt.’

Muisje schreeuwde in de keuken. ‘Ga je huilen op de wc, op je kantoor? Je mag niet, hoor!’

Zij aaide over zijn wang. ‘Dat mag alleen als ik er bij ben, als ik het kan zien.’

5

De volgende dag kwam zij bij hem thuis om de sleutel terug te brengen. Pierre vroeg haar of zij met hem wilde trouwen, zo gauw als zij van Karel kon scheiden.

'Jij, schoft,' lachte ze. 'Omdat je weet dat het nu niet meer kan. Nee, ik zou met Gied op vakantie moeten gaan, zonder Muisje. Alles doen, alles ongehinderd uitproberen. Hoe kan ik anders ooit te weten komen of mijn verliefdheid op Gied écht is?'

'Ga dan naar een reisbureau,' zei Pierre. 'Er zijn goedkope charters naar de Canarische Eilanden.'

Zij merkte de verwijzing naar haar vakantie met Karel niet. 'Maar dat kan ik nu niet betalen,' zei zij.

'Dan betaal ik het wel.'

Zij was even stil, overwoog het, zei: 'Wat ga jij doen intussen?'

'Dan vlieg ik ook met een of andere meid naar Tunesië of zo.'

'Dan zijn we quitte, bedoel je? Ja, waarom niet? Vroeger had ik het vreselijk gevonden, jou met een andere. Nu niet, nee.'

'Zal ik je een cheque geven?'

'Nee,' zei zij beslist. 'Want dat is ook iets dat mij aantrekt in Gied. Dat hij niets te bieden heeft. Gewoon chauffeur is en geen cent op de wereld. En ook niets van zichzelf wil opdringen. Dat geld van jou, waar je altijd mee klaarstond voor mij, dat drukte ook op mij.'

Zij ging plassen. Hij luisterde. Zij had de kraan van de wastafel hard aangezet. Zij zei toen ze terugkwam: 'Dat wc'tje van jou zal ik erg missen. – Wat voor een meisje zou je meenemen naar Tunesië?'

'Eentje van kantoor.'

'Zou je dat wel doen?' vroeg ze, kwam op zijn knie zitten. 'Eigenlijk ben jij mijn broertje.' Zij kuste hem als een zusje. 'Weet je, ik geloof dat ik weer ga janken. En ik kwam zo vrolijk binnen!'

Zij belde naar haar huis. 'Ik kom zo, schat,' zei zij. En tot Pierre: 'Gied heeft pannenkoeken gebakken voor Muisje.'

6

Daan gaf een grootse party voor de verjaardag van zijn vrouw Dina in het huis van een textielmagnaat. Het wemelde er van de mannequins, autoracers, binnenhuisarchitecten, advocaten. Toen Pierre in de bibliotheek met een modeontwerper over diens verzekeringen stond te praten, botste Gied bijna tegen hem op. Pierre herkende hem eerst niet, in zijn bordeauxrode fluwelen pak. Toen zag hij dat Gieds ogen dichter bij elkaar stonden dan ooit. Misschien was hij stoned.

'Hé, hoe gaat het?' zei Pierre overdreven hartelijk.

'Goed, en met jou?'

'Uitstekend. Is Toni d'r ook?'

'Ja. Zij stond daarnet met Dina op het balkon!' Hij had een fractie geaarzeld toen hij 'Dina' zei, alsof hij de naam voor het eerst die avond had gehoord.

'O, zeg eens tegen Toni dat zij hierheen komt, ik moet haar iets vragen.'

'Doe ik,' zei Gied en verdween meteen door de glazen deur.

Zij kwam na drie minuten. Pierre kreeg het benauwd. Zij was jonger dan hij zich herinnerde, maar niet slanker, haar chintz-jurk zat strak om haar heupen en dijen, zij had vuurrood geverfde lippen.

'Wat brutaal van je om Gied als boodschappenjongen te sturen,' zei ze grinnikend. 'Wij moesten er vreselijk om lachen, Dina en ik. – Wou je mij iets vragen?'

'Ja. Of je gelukkig bent.'

'Dat is een slag onder de gordel,' zei zij.

'Nou?'

'Ik heb geen zin om er nu over te praten. Ik ben gekomen om mij te amuseren, niet om voor de zoveelste keer een examen te ondergaan.'

'Oké. Ga dan maar weer weg.'

'Ja,' zei zij. 'Ik bel je wel.' Zij wendde hem haar rug toe.

Daan bracht hem een fles champagne. 'Dat zij het lef heeft om dat hoen mee te brengen,' zei hij. 'Ik had haar uitgenodigd, met de andere meisjes van *Hermes*, om wat fleur te geven aan ons onderonsje en omdat ik geen sociale snob ben, maar die vlerk, die lul! Jezus, dat wil je als vrouw toch niet naast je vinden 's morgens in je bed.' Daan was al behoorlijk dronken, hij sloeg pluisjes van Pierre's kraag. 'Goed, dat je 't uitgemaakt hebt. Want waar je in verzeild was geraakt, jongen, jongen! Zo'n meid, die staat toch klaar voor de eerste de beste die een beetje een verhaal brengt.'

'Ja,' zei Pierre.

'Nou dan.' Daan mengde zich in het gesprek van drie heren naast hen die het over Mao hadden. Een oudere heer met een vlinderdas beweerde dat Mao allang dood was.

Later zong Toni luidkeels mee met het beatgroepje dat derde stond bij Toppop, zij deinde met haar heupen, cirkelde om een pas aangekochte rechtsbuiten van FC Twente of Go Ahead of Feyenoord met zwaaiende, hoekige armen, eiste schaamteloos de aandacht van de hele kamer en Pierre bewonderde haar terwijl hij zich voor haar geneerde. Zij kwam.

Zij zei: 'Ik ben op van de zenuwen.'

Zij zei: 'Ik ben expres naar dit klerefeestje gekomen om jou te zien. Hoe vind je dat?'

Pierre zei: 'Ik vind jou verreweg de mooiste vrouw hier.'

Zij geloofde het. 'En ik vind jou een hele lieve fantastische schat.'

Pierre zag dat Gied, in zijn eentje, met een quasi-nonchalante elleboog op de schoorsteenmantel, af en toe naar hen loerde, en hij streek over Toni's arm, heel licht over het roze bultje aan de binnenkant. Zij had haar oksels geschoren. Een suggestie, een wens, een eis van Gied? Hij zag iets rozigs tussen haar decolleté.

'Hé, heb je een nieuwe bh van Gied gekregen?'

'Nee, van Carola. Gied geeft me nooit iets. Dat hoeft ook niet.'

Pierre nam de rand van de stof tussen duim en wijsvinger, raakte met een knokkel de koele huid, wou een klauw maken, de jurk scheuren. Zij keek verschrikt, maar bewoog niet. Wachtte.

'Een vlo,' zei Pierre, 'er zat een vlo op je.'

'Dan is dat het enige wat Gied me meegegeven heeft,' lachte Toni rauw. Zij hield haar nieuwe aanwinst in zijn bordeauxrode pak in de gaten. 'Weet je dat ik pas na twee dagen merkte wat voor ogen hij had? Toen ik verliefd was vond ik ze heel mooi. Misdadigersogen vond ik ze. En toen pas zag ik dat hij bijna scheel was.'

'Is,' zei Pierre.

'Scheel is,' zei zij.

Pierre kreeg een erectie.

'Vanaf morgen drink ik geen druppel meer,' zei zij toen hij haar het zoveelste glas champagne gaf. Zij veegde met haar hand waarmee zij in de schaal gerookte zalm gegraaid had, langs haar jurk. 'Het nare is dat als ik niet drink, ik gewaar word dat ik niets voor Gied voel.'

'Je zoekt het maar uit,' zei Pierre en verliet het schetterende, babbelende schimmenspel van de uitdunnende gasten, hapte naar lucht buiten bij de coniferen, dacht dat hij de Colt van zijn vader had moeten meebrengen. Hij leunde tegen de geglazuurde bakstenen van de gevel, stak zijn wijsvinger opwaarts in zijn mond, het staal smaakte naar iets grijs, kouds, alsof je aan een elektrische batterij likte. Dina liet een drietal heren van Daans platenmaatschappij uit, sloeg toen haar arm om zijn middel. 'Weet je waarom Daan en ik je zo aardig vinden? Omdat je onder je voorkomen van koele kikker en van Pietje Precies de meest onvolwassen puber bent die wij kennen.'

'Ik dach dat vouwen da leuk vonne.' De champagne liep uit zijn oren. Binnen speelden zij *Something*, binnen kwetterde Toni.

'Niet de vrouwen die zelf onvolwassen zijn,' zei Dina. 'Wel vrouwen zoals ik,' en ging weer naar binnen. Zei nog: 'Daan ligt in een coma in zijn bed. Wij zitten in het prieeltje.'

7

Pierre zag de oranje Volkswagen bij *Hermes* staan. In de sigarenwinkel op de hoek kocht hij een ansichtkaart met het elftal van Ajax, tekende een hart met een pijl erdoorheen aan de achterkant en schoof dit onder de ruitenwisser. Op mijn leeftijd, dacht hij.

Zij belde hem de volgende dag op kantoor.

'Wou je mij spreken?' vroeg Pierre.

'Hoezo?'

'Dat je mij opbelt.'

'Jij wil mij toch spreken,' zei Toni. 'Met dergelijke attenties uit een damesroman.'

'Hoe gaat het met Gied?' vroeg hij.

'Ik zie hem af en toe.'

Rond vijf uur stormde zij de lounge van het Americain Hotel binnen waar de barman laatdunkend keek naar haar verwaaide haren, haar gebarsten plastic laarzen, haar gerafelde boodschappentas. 'Je ziet er prachtig uit.'

'Dat zeggen ze op de zaak ook. Ja, als ik van jou weg ben, ga ik er meteen beter uitzien. Hier, een cadeautje.' Zij gooide een pakje sigaretten op tafel. Het was zijn merk niet.

'Hoe gaat het met Gied?'

'Ik ben nog een paar keer met hem naar bed geweest. Om te kijken of ik er nog iets aan vond.'

'En?'

Zij lachte. 'Hij vindt me preuts. "Kom nou, doe niet zo preuts," zegt hij de hele tijd.'

'Ik dacht dat je na al die tijd hoera-roepend met je kont in de lucht zou liggen.'

Zij kreeg een kleur, dronk haar Campari op, begroef haar gezicht in haar handen, zuchtte diep. Zwiepte toen de klissen van haar voorhoofd.

'Wanneer kom je eens op bezoek? Dan zal ik lekker koken voor je.'

'Vanavond.'

'Dat kan niet. Ik moet werken en Gied past op Muisje. – Niet meteen zo somber doen. Lach eens naar mij. Je bent veel mooier als je lacht. Weet je, jij zit bij mij hier en hier.' Zij wees op haar hart en op haar maagstreek.

'En hier?' vroeg Pierre, leunde snel over het tafeltje en tikte tegen haar venusheuvel. Zij gaf een gilletje. 'Schei uit.'

Toen zei ze: 'Ook daar.'

'Ook als je chauffeur daar bezig is?'

'De hele tijd,' zei zij. Twee Campari's later zei zij: 'Ergens hoop ik dat ik het lekker zal vinden bij hem, en dat ik dan wel bij hem moet blijven.'

'Hoe kan het écht lekker zijn als het niet gebeurt met iemand waarmee je écht te maken hebt?'

De gemeenplaats, de waarheid, trof haar.

'Daar heb je verdomd gelijk in. Ja, natuurlijk. Nou, dan weet ik dat het nooit zal gebeuren met die jongen. Maar je kent mij, ergens kan het mij allemaal geen moer schelen.'

'Je bent dom,' zei Pierre.

'Dat kan je moeilijk geloven natuurlijk,' zei ze, 'dat iemand met rust gelaten wil worden. Door iedereen.'

'Laat hij je met rust?'

'Ja. – Pierre, ik voel voor niemand iets. Er is iets doods in mij, voorgoed.'

Toen vertelde zij dat zij verhuizen wou, want de flat in Buitenveldert kon zij niet meer betalen. Zij had het over het behangpapier, de gordijnen, de vloerbedekking die ze in een nieuw huis zou aanbrengen, zij had een driekamerwoning op het oog op de Oudezijds Voorburgwal.

'Ja, bij de hoeren,' zei ze opgewekt. 'Mijn soort.' Misschien kon zij een persoonlijke lening aangaan bij de bank tot haar moeder stierf. En de was kon zij altijd bij Karel doen, in hun vroegere huis. Karel kon haar ook helpen bij de installatie, hij kon heel goed timmeren en verven. Want het moest gezellig worden voor als zij bezoek kreeg, zij wou méér mensen zien, zoals vroeger toen ze als jong meisje uit Nijmegen naar Amsterdam kwam, want toen had zij geen zorgen gehad, dag in dag uit geleefd zonder problemen, met af en toe een vriendje.

Pierre luisterde met moeite. Opgeslorpt door zijn spijt en zijn woede tegenover het hangerige, ijzingwekkend onverschillige van haar zinnen, van haar matte intonatie. Nooit meer, nooit meer, dacht hij.

8

Op kantoor bleef hij soms tot tien uur doorwerken, maar waar hij vroeger een geruststellend gevoel had en bevrediging vond in de overzichtelijke, te ordenen wereld van polissen, contracten, premiebepalingen, bleef hij nu als het ware aan de rand van zijn bezigheden. Hij werkte gejaagd, aan te veel dossiers tegelijk. Zijn relatie tot de klanten was afgemeten, zozeer ter zake dat hij onbeschoft leek, zei zijn secretaresse. Als hij tenniste met zijn directeur, speelde hij verkrampt. Hij zag Toni in tennisjurkje en witte sokken op een bank vlakbij zitten, zij riep elke keer iets op het ogenblik dat de bal het racket raakte. Hij rende te vaak, te wild naar het net, serveerde te zwak.

Toni was dikker geworden toen zij op bezoek kwam, de vage borsten barstten in een horizontaal gestreepte trui.

'Ik vreet me te pletter,' zei zij. 'Maar ik voel me goed. Ik heb Karel verteld dat het uit was tussen ons en dat heeft mij enorm opgelucht. Selma beweert dat ik daar eigenlijk mee aan Karel wil vertellen dat jij ook niet de ware was, dat ik daarmee eigenlijk mijn excuses maak en tegen Karel zeg: Ik heb mij vergist toen ik van je wegliep.'

Selma was een mollige studente in de psychologie, een vriendin van Doortje.

'Selma zegt dat als je iemand verliest, een minnaar of een man, dat je moet rekenen op een rouwperiode van minstens twee jaar. – En jij, wat doe jij allemaal?'

'Ik ben impotent geworden,' zei Pierre.

'Wat? Echt waar? Wat enig!' riep Toni vrolijk.

'Hoe is het met Gied?'

'Hij is ongelukkig, geloof ik,' zei zij koud. Toen lachte zij en het maakte haar lelijk, ordinair. 'Hij wou in de kerk trouwen. Maar dan denk ik: wat moet ik daarmee?'

'Met wat?'

'Met mijn verliefdheid.'

'Op wie?'

'Op Gied. Ik weet wel dat ik verliefd wás. Maar of dat nog zo is? Als ik hem regelmatiger zou zien, zou ik het waarschijnlijk weer kunnen worden, zoals in het begin. Ik zou vertederd zijn, hij is zo eerlijk, zo oprecht. Aan de andere kant, als ik hem drie vier dagen achter mekaar zou zien, zou ik op hem afknappen. Want als hij met mij gevrijd heeft, draait hij zich om en slaapt hij, en weet je, dat vind ik helemaal niet leuk. Maar waarom strijk ik door zijn haar en pak ik zijn gezicht en streel ik zijn rug, zijn handen?'

'Wanneer?'

'Nou, gisteren bijvoorbeeld. En waarom deed ik dat nooit bij jou? Omdat het vrijblijvend is? Kijk, laatst zat ik in de bus met de andere kapsters toen wij naar de schoonheidswedstrijd in Rotterdam moesten. Ik zat naast Gied vooraan en ik keek achter mij en daar zat Maxim, de baas. Hij keek me aan en toen kreeg ik een heel warm, overweldigend gevoel van verliefdheid over me. Ik vroeg me af door wie ik het liefst gepakt zou worden op dat ogenblik, door Gied die aan het stuur zat of door Maxim en ik wist zeker dat het door Maxim was. Het was een heel nieuw gevoel. Alsof ik weer vijftien was en ik al die verloren tijd daarna wou inhalen. Ik dacht: O, ik wou dat Maxim mij nu meteen in zijn armen nam.'

'En hij?'

'Hij wou hetzelfde, dat weet ik zeker. O, nu begrijp ik Selma zo goed, die aldoor andere mannen zoekt, voor twee drie dagen verliefd zijn en dan weg. Vroeger begon ik altijd met avances en schrok ik terug als iemand mij wou versieren, maar nu Gied en Maxim zelf beginnen wil ik er op ingaan, ik voel me als herboren, veel zekerder van mijzelf, ik durf alles aan. En dat, schat, komt door jou, dat heb jij mij geleerd. Vind je het vervelend als ik je dit vertel? Ik zou het aan niemand anders ter wereld durven vertellen. Omdat jij mijn vriendje bent.'

Pierre dacht: Ik sla zo meteen de fles sherry aan scherven tegen haar schedel.

Zij kwam op zijn schoot zitten, kuste hem zeven acht keer snel, op zijn oren, zijn wangen, zijn nek.

'Wat voel je als ik je zo kus?' vroeg zij.

'Dat jij mijn grote liefde bent. Hoe vind je dat?'

'Zo!' riep ze en stak haar duim in de lucht. 'Zeg, word jij niet kotsmisselijk van mij en mijn geknoei? Ik kan het niet helpen. Ik zou het ook anders willen.'

'Je bent wat je doet,' zei Pierre.

'Ja, dat zal wel.'

Toen zei zij: 'Mijn gevoel van liefde heeft heel lang geduurd bij jou, veel langer dan bij om het even wie, en veel en veel groter. Maar toen was het weg, veranderd in iets anders.'

'Wanneer?'

'Toen Karel die pillen innam. Nee, eerder nog, toen je je huis kocht en ik voelde dat mij een beslissing opgedrongen werd. Toen ik van jou moest houden, of ik wilde of niet. – En tot Gied ben ik aangetrokken omdat hij alles is wat jij niet bent. Ik wil het eerlijk menen, Pierre, wat ik doe, en dan moet ik toegeven dat er een heel sterk gevoel in mij zit dat vals en geniepig is, iets dat rot is tot op het bot. Ik kan er wel achter komen hoe dat gekomen is, door mijn opvoeding, mijn mannen, Karel en zo, maar het feit blijft dat ik absoluut aan dat smerige, valse in mij wil vasthouden. Ik wil niet beter worden. Want die rottigheid is mijn natuur en ik ben te ijdel om mijn natuur op te geven, want dat is wat het meest van mezelf is, voel ik, die rotzooi. Karel zei vaak dat ik oneerlijk was en nu pas merk ik dat hij gelijk had. En dat hij mij daarom sloeg. Daarom ben ik ook zo arrogant om jou af te wijzen nu. Daarom wil ik ook niet met je vrijen.'

'Nooit meer?'

'Later. Vast en zeker. Ja hoor. Maar later. Nu zie ik er zo tegenop. Ook al begrijp ik volkomen wat jij voor mij voelt.'

'Begrijp je dat dan?'

'Of ik het begrijp! Jeetje!' Er was warmte, liefde in haar, zoals maanden geleden. 'Misschien moet iemand die zijn grote liefde ontmoet, eerst even rondkijken wat er nog allemaal te beleven valt. En dan terugkomen, als het goed bekeken is.'

'Dan is het te laat,' zei Pierre.

'Ja. Dat zit er dik in,' zei zij.

9

Diezelfde nacht, om drie uur 's nachts, belde zij op, met een mak, geknepen, trillerig stemmetje dat hij niet eerder van haar had gehoord. 'Ben je daar?'

'Nee, ik ben in Mexico City,' zei Pierre.

'Pierre, wil je naar mij toekomen?'

'Nu?'

'Ja, nu. Wil je dat? Ik heb Muisje alleen gelaten, ik sta in een telefooncel. Ik ben een beetje dronken.'

'Waar ben je dan?'

'Vlak bij mijn huis. In de cel aan de overkant. Kom je?'

'Ja.'

'Kom je gauw? Ik heb maar een eenpersoonsbedje thuis, maar...'

Het vloeide weg.

Zij stond in de stromende regen, op het grasveld tussen de autowegen, in een plastic jasje met Schotse ruiten. Haar klissen hingen dwars over haar ogen, het water plensde over haar gezicht. Zij sprong op hem af, met beide voeten van de grond, hing aan zijn nek, haar jasje viel open, zij was er naakt onder, nat en koud. Zij liet hem niet los terwijl zij naar haar flatgebouw liepen, de trappen opgingen in de schuine betonnen kooi met de matte ruiten. Zij leidde hem naar de smalle matras op de grond, lag naast hem, kuste hem lang.

'Het komt door Muisje,' zei zij op vijf centimeter van zijn gezicht. 'Zij werd een paar keer wakker en schreeuwde aldoor jouw naam, en ik dacht aan jou de hele tijd en wat ik voor je voelde toen ik vanmiddag bij jou was en ik vroeg me af wie ik wou, door wie ik het liefst gepakt wilde worden en jij was het, aldoor jij. O, ik hoopte zo dat je thuis zou zijn. Wat was je hier vlug, en toch duurde het zo lang, Pierre, Pierre.'

Zij dronken samen de Beaujolais die hij meegenomen had.

Toen zei zij dringend: 'Schat, ik moet je wel iets vragen.'

'Of ik niet wil vrijen,' zei Pierre.

'O, nee,' riep zij. 'Nee, alsjeblief, dat is het niet.' Zij krabde met ongaaf gepunte vingernagels in zijn borsthaar. 'Ik wil alleen niet dat als je Karel zou zien, dat je hem zou vertellen dat het weer aan is tussen ons, want niet alleen is het niet zo, maar ik heb hem gezegd dat het uit was, en...'

Pierre plette zijn gezicht tegen haar buik, kuste de binnenkant van haar dijen, de geurloze, weke gleuf, wijder, slapper dan hij zich herinnerde, wat had Gied gedaan? – Hij wou zijdelings in haar dringen en zij kreunde luider dan hij zich kon herinneren, en hij dacht dat zij wilde bewijzen dat alles als vroeger was, kon zijn, en hij verschrompelde in haar, hij probeerde het beeld op te roepen van haar heftig gebarende gestalte, haar naakte lijf onder de plastic jas in de stortvloed daarnet, streelde haar afwisselend plagerig en hard op een steeds sneller ritme, zodat hij bijna hardop zei: quick-quick-slow, quick-quick-slow, een dolle dansles van zijn vingers tegen de te weke sleuf, haar onderbuik wipte tegen zijn handpalm, haar maag spande als een trommel, het hield niet op, zij stopte, amechtig blazend.

‘Het ging niet,’ zei ze, zocht opnieuw, opnieuw een Gauloise.

‘Kwam het niet?’

‘Jawel. Maar heel ver, heel klein. Het wou maar niet komen en toen stelde ik mij dingen voor.’

‘Wat?’

‘Dat ik op de voorste schoolbank zat en de leraar kon tussen mijn dijen kijken. En dat ik geen broekje aanhad.’

Zij trok de olijfgroene, met vlekken van wijn en melk bespatte deken over haar knieën en snauwde: ‘Wat heeft het voor zin, als ik het zo moet krijgen? Bah! Is dat liefde?’ en blikte hem woedend aan, hem die verantwoordelijk was voor haar schamele visioenen.

’s Morgens had zij een ochtendhumeur. Zij bracht Muisje naar de crèche en zei daarna, in de auto: ‘Zeg, ik blijf wel vrijgezel hoor.’

‘Wat anders, schat?’ zei Pierre.

‘Want ik zit nu te denken: Jezus, waar ben ik weer aan begonnen!’

‘Dat hoeft toch niets te betekenen, dat van vannacht?’

‘Natuurlijk betekent het iets,’ zei zij nors. ‘Ik drink nog tot het einde van de week en daarna niks meer, minstens drie maanden lang.’

‘Als je gisteren niet gedronken had, had je mij niet opgebeld.’

‘Precies,’ zei zij.

‘Weet je,’ zei zij, ‘ik heb laatst met Gied een lang gesprek gehad. Het was best gezellig, wij kwamen niet meer bij van het lachen. Want wij zijn erachter gekomen dat die hele toestand van hem en mij alleen maar geilheid was.’

‘Geilheid?’ Hij hoorde dit woord voor het eerst uit haar mond.

‘Ja. Gewoon lekker pakken, een lichaam voelen. Dat wat ik bij jou niet heb, nog altijd niet heb omdat ik elke keer in een kramp schiet als ik denk dat ik het zo of zo moet doen en beter dan alle vrouwen die je gehad hebt, en dan weet ik dat ik het nooit haal, en daarom begin ik er niet aan, enzovoort, enzovoort.’

‘Wil je niet met mij trouwen?’ Hij dacht eraan hoe hij het zijn moeder zou moeten aankondigen, zijn directeur, Daan.

‘Nee,’ zei ze. ‘Selma zegt: Als Pierre wil dat het helemaal fout gaat tussen jullie, dan moet hij vooral op je lip gaan zitten.’

‘Ik zat op je lip vannacht.’

‘Bah, viezerd,’ riep Toni. ‘Waarom zeg je zoiets nou?’

10

Zij zagen elkaar vaker, en bijna elke keer als Toni terugreed naar haar huis dacht Pierre dat hij zich moest losmaken van haar. Maar dan gingen ze de dag erna samen boodschappen doen en terwijl zij opgewekt pakje na pakje in de oranje Volkswagen stapelde dacht hij: Ik wou dat dit zo bleef, dat dit mijn leven was, zelfs al sta ik doorlopend voor schut en stoot ik de hele tijd mijn neus.

Toni zei: 'Ik stel me voor dat wij een heel leuke tijd tegemoet gaan samen. Alleen moet je niet zo gespannen, zo haastig zijn.'

Zij zei dat zij slecht sliep. Slaappillen, drank hielpen niet.

'Omdat je te weinig vrijt,' zei Pierre.

'Dan moeten wij daar iets aan doen,' zei zij kalm.

'Oké.'

'Maar dan overdag. In de lunchpauze bijvoorbeeld. Want 's avonds, met Muisje en zo, ben ik veel te moe.'

11

Pierre inspecteerde haar nieuwe woning op de Oudezijds Voorburgwal. Door het raam waren de met rode lampjes verlichte uithangborden van twee seksshops te zien. Karel had het bed getimmerd en de boekenplank, Karel had de gordijnen opgehangen en Karel had Muisjes speelgoed gerangschikt.

Toni had zich zorgvuldig opgemaakt, groen en zilver op de oogleden, valse wimpers, een moorkopkleurige pruik met krullen die ze uit de zaak had gestolen, zij zag er Egyptisch uit.

Pierre had champagne meegebracht. Zij toostten en hij voerde, schandelijk corrupt, Muisje met Marsrepen en Smarties.

'Ik hoop maar één ding,' zei Toni, 'dat Karel niet onverwachts langskomt.'

Zij vertelde over de verloofde van een van de meisjes bij *Hermes* die aan een hartaanval was gestorven tijdens het voetballen. Het was vreselijk.

'En als ík een hartaanval kreeg?' vroeg Pierre, en dacht: *Ik, ik, ik,* ik moet het laten.

'Dan zou ik meteen twintig pond afvallen van verdriet.'

Hij liet zich tegen de grond vallen, klemde zijn hartstreek vast. Muisje kraaide van de pret.

‘Als je het maar laat,’ zei Toni. ‘Ik heb je pas terug, ik laat je nooit meer los.’

Toen zij Muisje naar bed gebracht had, slikte ze vier aspirines.

‘Ik heb zo’n verschrikkelijke hoofdpijn, schat,’ zei ze, en iets later: ‘Die hoofdpijn komt omdat ik zo meteen naar bed moet met jou.’

‘Je *moet* toch niet!’ brulde Pierre meteen.

Zij schrok. Muisje huilde. ‘Stil, Muis!’ schreeuwde Toni. De benedenbuurman klopte met een stok tegen zijn plafond, brieste dat hij ervoor zou zorgen dat de eigenaar Toni en al haar pooiers eruit zou zetten.

‘Hou je smoel, klotewasser!’ gilde Toni naar de vloer.

Pierre stond op, liep naar de stoel waar zijn jasje op hing.

‘Ga je naar die man toe?’ Toen pas drong het tot haar door dat hij weg wou. Zij spreidde haar armen voor de deuropening.

‘Nee,’ zei zij en tranen liepen over haar wangen. Zij trok haar pruik af en gooide die in Pierre’s gezicht. Bedaarde.

‘Ik kan er écht niets aan doen. De hele dag stond ik te trillen, alleen maar omdat ik wist dat je hier zou blijven vannacht. Wat is dat toch met mij?’ Toen zei zij: ‘Ik zit het godverdomme op te schroeven, mij alleen maar aan te stellen.’ Zij lachte, teder en spotziek. ‘Nou? Waarom neuk je mij niet?’

De hele nacht lag zij in haakvorm tegen hem aan, met haar hand tussen zijn dijen. Soms werd zij half wakker en fluisterde dat zij waanzinnig veel van hem hield, meer dan hij ooit kon weten.

’s Morgens ontdekten zij dat het geluidloze Muisje in haar pas ingerichte kamer een inktpot had omgekeerd in het bed en dat zij bezig was er jam en boter doorheen te smeren. Het geloei van moeder en dochter wekte de benedenbuurman tot toppunten van razernij.

12

'Hallo.'

'Dag, schat.'

'Hoe voel je je?'

'Duf.'

'Ga dan lekker slapen.'

'Ik kan niet.'

'Zal ik langskomen?'

'Als je wil, maar het bed is in mekaar gezakt. Karel moet het komen fiksen.'

'Dan een andere keer, Toni.'

'Ja. Gezellig dat je mij opgebeld hebt, schat. Dag, schat.'

13

‘O, schat, heb je soms een tientje voor mij? Ik heb niks in huis voor Muisje.’

Hij gaf haar honderd gulden.

‘Hoeveel keer moet ik daarvoor neuken?’

‘Ik moet de prijzen eens navragen bij de dames in je straat.’

‘Dan moet je wel het tarief vragen van een invalide, of van een beginnelinge, die d’r vak niet kent.’

‘Kom, kom.’

‘Serieus,’ zei Toni, ‘ik meen het. Je krijgt bij mij geen waar voor je geld. Nou, dank je wel. Ik bel je wel.’

14

Pierre stond een uur lang voor zijn raam te kijken, zag vier oranje Volkswagens die niet trager reden. Toen hij haar de stoep op zag rijden, rende hij de trappen af en vóór zij uit haar auto stapte, bezig met een tas en kranten en een fles, liep hij achteloos langs haar heen op de stoep.

'Hé,' riep Toni. 'Wat is dit nou? Je wist toch dat ik zou komen? Ik heb mij verslapen. Wou je dat ik voor een gesloten deur stond?' Zij haakte haar arm in de zijne, huppelde. 'Mijn muts staat goed. Ik heb een vrije dag met mijn vrijer.'

Hij kocht parfum voor haar, een nachtcrème, een dagcrème, lotion, een zalfje tegen puistjes, een badmuts, eyeliner, fond de teint.

'Wat ben je stil, schat?'

'Ik bewonder.'

'Dat zal wel.'

Pierre dacht: Als zij somber is, vind ik het vervelend, en als zij opgewekt is, zoals nu, ook. Dat komt omdat zij opgewekt is doordat ik haar verwen. Maar mag ik mij dan ergeren om de reden waarom zij opgewekt is? Wat wil ik toch? Alles. Maar wat is in godsnaam alles?

Kwistig kliederde zij in de auto het ene product na het andere over haar gezicht en in de Oesterbar staarde hij naar een geheimzinnige bijna ingetogen schoonheid, die zei: 'Ik vind eten het allerlekkerste wat er bestaat. Jij niet, hè?'

'Bij eten heb je niet dat loslaten van de spanning, de explosie.'

'Dat is waar,' zei zij. Naast haar in het aquarium hapten de karpers in drijvende plukjes witte vis.

'Ik wil een geregeld leven,' zei Toni. 'Een huis met jou en Muisje, alles zoals het hoort. Ik wil zekerheid, dat is mijn Kreeften-aard.'

Daarna kocht hij theedoeken, een metalen asbak, een vruchtenpers, drie pannen die niet aanbakten, toiletpapier, acht borden, de laatste Lucky Luke. Op straat danste ze, wuifde ze naar onbekenden.

'Moet je plassen?' vroeg Pierre.

'Jij weet ook alles van mij, meteen. Beter nog dan Selma en die kent al mijn problemen tot op de draad. Wat goed zou het zijn als jij én minnaar én psychiater zou zijn, dat je alles voor mij kon oplossen.'

Op de bank in zijn huis zei zij: 'Bah! Ik krijg ook nooit eens een kus meer. Ik word nooit meer geneukt.'

'Wat? Na de lunch? Zomaar, midden op de dag? Uit louter geilheid?'

'Als je 't in tien minuten kan, mag je, want dan moet ik weg naar de crèche.'

'Oké.'

'Als ik maar niks hoef te doen. Je gaat je gang maar en als ik zwanger word, dan zien wij wel.'

Zij gooide haar benen in de lucht. 'Hopsakee,' riep zij.

Zij steunde. Begraven in haar hete trui voelde hij haar stuiptrekkingen. 'Ja hoor, daar komt het,' fluisterde zij. 'O, Jezus, wat erg!'

Op weg naar de crèche huilde ze, lachte erdoorheen. 'Het is niets, schat, het is de reactie, het was zo vreselijk lekker.'

Zij keek hem met wijde staarogen aan, met een licht imbeciel glimlachje dat haar mond opensperde, zodat de top van haar tong uitstak.

'Ik ben gelukkig,' zei zij. 'Maar dat komt door de cadeautjes.'

15

Haar volgende vrije dag was op zaterdag.

'Nee, eerder kan ik niet. 's Avonds ben ik bekaf en dan komt Selma. Wij praten en gaan vroeg slapen. Bijna tegelijk met Muisje.'

Zij kwam een paar keer 's morgens bij hem thuis, tussen de crèche en haar werk bij *Hermes*. Dan bakte hij eitjes voor haar en zette koffie.

'Ben ik al vermagerd?' Zij trok haar trui met een ruk omhoog, zodat hij als een reusachtige sjaal rond haar nek zat, haar tepels waren donker en opgericht, zij stak haar tong uit.

(Later, toen Toni dood was en verbrand, riep hij dit beeld vaak in zich op en veranderde, vervormde het niet zoals de vele fragmentjes herinnering die, monotoon als versplinterde stukjes ongekleurd glas, moeizaam aan elkaar klitten waardoor hun verhaal, als hij er verder, dieper, steeds irreëler, op inging, steeds verwrongener werd, en op een steeds wredere, folterende manier uiteenspatte in wazige, pluizige wensdromen, waarbij meestal bloed of met bloed gemengd zaad uit plots gapende wonden van haar lichaam droop; maar dit beeld behield hij gaaf, durfde er niet aan te tornen: haar torso, wit en week, met op haar maag de ongelijke, bobbelige huid als het vel van een witte sinaasappel, met de welvingen van de ribben als zij bewoog, en de vetlaag die uitbultte boven de rand van haar spijkerbroek, en haar uitdagend lacherig gezicht waarin de dikke, roze tong niet hoorde die haar onderlip bedekte, de tong was geen erotische provocatie, maar een afwijzing die de erotiek aangaf en onbereikbaar stelde: dit is mijn tong, eet en drink er niet van, ik lik je niet, nooit.)

16

De volgende veertien dagen ging Pierre vaak zwemmen, lunchen, naar het Concertgebouw of naar musea met Antje, de dochter van Graatsma, een groothandelaar in vleeswaren.

Antje was een ranke, sportieve vierentwintigjarige die opgevoed was in Genève, en een paar jaar tolk geweest was in Straatsburg. Voor de lol, zei zij met haar Wassenaars accent. Haar grote passies waren haar paard Duchess, Beethoven, en na een week Pierre.

Pierre besloot zijn liefdesleven te splitsen tussen Antje die met haar onbevangen, bijna kinderlijke sensualiteit talent had voor het vrijen, en Toni die dan het andere, het onbereikbare donkere bleef dat om verering en vernedering vroeg.

Soms kwam Toni op bezoek terwijl het bed nog warm was van Antje. Zij merkte iets na veertien dagen, omdat hij na een zoete, krachtpatserige, uitputtende nacht in het Hilton Hotel te laat kwam en haar in haar Volkswagen voor de deur van zijn huis vond.

'Kom je van je vriendin? Is zij mooi?'

'Nogal.'

'Nee, echt?'

'Nee, natuurlijk niet. Ik was even de krant halen.'

'Ik zou het jou niet kwalijk kunnen nemen. Aan mij heb je toch niks.'

'Alles,' zei Pierre.

17

'Je vraagt je zeker af waarom ik niet naar je toekom?' vroeg Toni.

'Nee,' zei Pierre. Het was niet helemaal waar. Het verwonderde hem nog altijd dat Toni soms twee drie dagen lang kon wachten vooraleer zij hem een teken van leven gaf, maar die verbazing had, sedert hij zijn nachten met Antje doorbracht, niet meer het urgente, wanhopige karakter van vroeger. Zoals hem ook minder de details van haar gedrag kwetsten. Zo had zij laatst op een avondje bij Tineke en Joris een uur lang, babbelend en drinkend, met haar rug naar hem toegezeten, en hij had gedacht dat als hij daar enige nukkigheid of verdriet over gemanifesteerd had, wat vroeger zeker het geval was geweest, zij niet eens begrepen zou hebben dat daar reden voor was.

Op een avond bij haar thuis op de Oudezijds Voorburgwal sliep hij in tijdens een tv-uitzending over de Wereldraad van Kerken. Toen hij met een schok wakker werd, zei Toni vergenoegd: 'Jij lijkt míj wel, slaapkop! – Wil je niet liever in bed gaan slapen?'

'Jazeker.'

'Ga maar alvast. Ik wil nog wat in de *Eva* lezen.'

Hij zag dat zij niet las, dat zij met haar gezicht tussen haar handen, ellebogen op de knieën, voor zich uit staarde.

'Waar denk je aan?'

'Dat ik nog niet wil gaan slapen.'

'En verder?'

'Dat Selma zegt dat ik, in het diepst van mijn hart, het jou kwalijk neem dat je mij geleerd hebt neuken leuk te vinden. Omdat ik het ergens, ook diep verborgen, nog altijd iets minderwaardigs, vernederends, angstigs vind.'

'En verder?'

'Dat ik zo idioot ben om te wachten met vrijen tot er een mysterieuze, vreselijk dringende golf van zin-in-neuken over mij komt. En dat die natuurlijk niet kan komen, omdat ik erop zit te wachten.'

'Je zou ook kunnen denken dat je gezeur erover, dat eeuwige muurtje dat je optrekt, elke keer als wij samen zijn 's nachts, zelfs al doe je 't uit spel, of als verdediging, mij steeds minder en minder stimuleert om er iets aan te doen.'

'Wil je dat wij het uitmaken, Pierre?'

'Vaak wel,' riskeerde hij, terwijl hij hunkerde naar haar ongave lijf, haar gekwetste, lieflijke opening.

'Vanavond niet,' zei zij. 'Nog niet.' En later. 'Zie je wel dat je het niet uit wil maken.'

En hoewel hij wist dat het versmalde, verging tussen hen, zei hij: 'Nee. Nog lang niet.'

's Morgens vond hij in haar tas een blad geel papier met blauwe ruitjes waarvan de randen vol bloemetjes getekend waren. In het midden stond het klad van een brief. 'Lieve Selma. Dit is wat ik kan bedenken. 1. De basis klopt niet. 2. Ik heb leiding nodig, Pierre geeft me absoluut geen leiding. 3. Pierre mag dan wel slimmer zijn, maar ik heb een veel grotere personality. Ik dacht dat hij gelijkwaardig was aan mij. EN DAT IS HIJ NIET. 4. Ik wil duidelijk horen wat iemand voelt voor mij. Veel evidente dingen moeten steeds weer herhaald worden. 5. Pierre zei dat hij mij zou nemen zoals ik was. Dat doet hij niet. 6. Voor het bed voel ik alleen iets als men mij, als Pierre, dwingt zelf te beginnen, omdat ik dan de baas ben. 7. Ik weiger zijn problemen op te lossen, ik wil niet eens weten welke problemen hij heeft. Hij zegt er toch nooit iets van. Hij vertrouwt me voor geen cent. 8. Ik mag fouten maken, want hij maakt er ook. – Is dit voldoende, schat? Toni. Je kunt flessen terugbrengen voor eieren en Smarties en twee gemberbolussen voor M. – Kusjes.'

18

Soms zag Pierre Toni drie vier vijf dagen niet, en als zij kwam vroeg zij zelden wat hij gedaan had, wie hij ontmoet had. Hoe hij zijn avonden doorbracht.

Soms belde zij naar kantoor. 'Ik kom morgen. Is dat goed of is dat erg?'

'Dat is goed,' zei Pierre dan.

'Wat gezellig,' zei hij toen zij kwam en imiteerde de loze intonatie, het gehate stopwoord. Of: 'Wat gezellig dat je eens een oude vriend komt opzoeken!'

'O, begint het weer? Nu al?' riep Toni dan.

'Wil je koffie?'

'Ja.'

'En misschien een paar aspirines voor je hoofdpijn?'

'Ik heb geen hoofdpijn. Nog niet. Zal ik maar meteen weggaan?'

'Je had mij weleens kunnen bellen.'

'God in Den Haag, ik bel me suf naar jou. Vannacht drie keer. Waar zit je? In de kroeg? Bij een of andere trut?'

Zij gingen naar een film, de slechte cowboy leek vaaglijk op Gied. 'Geef me een kus,' zei ze. Duwde hem weg. 'Je kust iemand anders.'

'Wat bedoel je?'

'Niks.' Zij zat ineengedoken, haar profiel onbeweeglijk in de richting van de film, zei niets meer, keek niet meer naar hem.

Vroeger, dacht Pierre, was ik weggelopen. Of ik had haar hand genomen, of haar nek gestreeld.

Op het einde bevond de blonde cowboy, die een Toscaans sigaartje in zijn liploze mond had, zich uiterst alleen op een kerkhof in Guadalajara en vlamde hij zes boeven neer.

Pierre nam Toni's hand, streelde haar nek.

'Eindelijk,' zuchtte zij, schoof haar nek heen en weer.

Buiten zei zij: 'Soms denk ik dat een goeie oplossing voor mij zou zijn om weer katholiek te worden. Ik was zeer gelovig als jong meisje.'

'Hoe kom je daar zo op?'

'Ik weet het niet. Omdat het vandaag zo'n puinhoop is. Ik vind mezelf om te schieten. Ik heb alles, Muisje, een huis, leuk werk, jij die van me houdt en ik voel me rot. De hele film door dacht ik aan kanker.'

'Misschien heb je wel kanker.'

'Beslist,' zei zij. 'Dat heb ik van mijn moeder meegekregen.' Zij schaterde. 'Stel je voor!'

Bij hem thuis zei zij: 'Ik heb weer zo'n pijn aan mijn kont. Nu mag Selma tachtig keer zeggen dat het een psychische oorzaak heeft, een feit is dat het afschuwelijk pijn doet. Ik kan met moeite lopen. Ik ga even kijken. Of wil jij even kijken of die bulten dikker geworden zijn?' Zij vroeg het als aan een dokter. Zij ging op de sofa liggen met gapende dijen, haar hielen in onzichtbare beugels. Hij zag dat de twee uitwasjes links sterk rood waren, hard aanvoelden. Hij kuste haar daar.

'Nou zeg!' riep ze verontwaardigd en kwam overeind. 'Of ben je nu beledigd? Nee, hè? Nou, kom dan hier, lullemans!' Zij trok hem weer op de sofa. Toen het voorbij was riep ze lachend: 'O, wat een schande! Hoe ik me toch elke keer door jou laat beetnemen, hoe je er mij elke keer laat intuinen.'

'Terwijl je op je blote knieën zou moeten vallen en zeggen: Dank je wel, Pierre, voor dit heerlijks.'

'Dank je wel, Pierre, voor dit heerlijks. Ik meen het.'

Toen zij afscheid nam, zei ze: 'Bah, je ruikt helemaal naar mij.'

Hij schrobde zich van top tot teen voor hij naar Antje toeging.

19

'Ik heb je wel tien keer gebeld,' zei ze door de telefoon. 'Ik heb een grote witte wekker gekocht en daar kijk ik nu al een uur naar. Ik zit hier al drie uur op dezelfde plek, bij het raam. Waar was je?'

'Wou je mij iets dringends vertellen dan?'

'Ja. Dat ik je mis. Ik kan niet alleen zijn. Wat doe je vanavond?'

'Ik ga de hort op. Met Freddy.'

'Is dat een jongen of een meisje?'

'Een jongen.'

'Het zal wel. Zeg, ben je me trouw?'

'Ja. En jij?'

'Hoe kan ik anders? Muisje is doodziek met haar diarree. Ik kan de deur niet uit. – Zeg, wanneer mogen Muisje en ik bij je komen inwonen? Muisje vraagt er vaak naar. En ik denk er steeds vaker over de laatste tijd.'

'Ik heb het jou zo vaak gevraagd, vroeger. Ik denk dat je het een paar keer te veel hebt geweigerd.'

'Dat dacht ik ook,' zei Toni mat. 'Zal ik naar jou toekomen, nu?'

'Als je wil.'

'Wacht even.' Zij praatte met iemand, een meisjesstem die huilde of hoog lachte. 'Nee. Selma zegt dat het beter is als ik nu niet met de auto rij. Wij hebben stickies zitten roken en ik heb te veel gedronken.'

'Dan niet, schat.'

20

Het uurtje of halfuurtje 's morgens dat zij koffie kwam drinken vóór zij naar *Hermes* ging verliep volgens een ritueel. Hij bakte eitjes, zij at, hij luisterde naar haar.

'Je kijkt alsof je vannacht met een vrouw naar bed bent gegaan en dat het je spijt. Het kan mij niet zoveel schelen, het gaat toch fout met ons.'

Of: 'Nu ik merk dat het fout gaat tussen ons, ga ik meer en meer van je houden.'

Of: 'Ik begrijp dat je niet wil dat Muisje en ik bij je intrekken. Na alles wat ik je heb aangedaan. Ieder ander was allang pleite geweest.'

Om de tien dagen bleef zij slapen, slikte het witte poeder dat haar opgewonden en wakker hield, schonk wijn naast het glas, maakte krassen in de grammofoonplaten. Zij kwam meestal klaar, als een man, in één heftige stoot. (Antje zei dat zij niet precies wist wanneer het kwam, het was een reeks golven, 'lange, warme stuipjes' noemde zij het.)

Op een keer sprong Toni uit het bed en rende ze naar de wc.

'Ik heb nu vast en zeker een kind,' zei ze toen.

'Je kunt de morning-afterpil vragen aan Cor,' zei Pierre.

'O, nee. Ik wil het kind.'

'Wat deed je dan in de wc?'

'Je zal mij nooit begrijpen. Ik wil het en ik wil het niet. Als ik het kind krijg, zou ik er heel blij mee zijn, maar ik moet wel mijn best gedaan hebben om het niet te krijgen. – Wil je vriendin geen kind van jou?'

'Wie?'

'Doe maar of je neus bloedt. Het geeft niet. Ik vind het zelfs spannend als je zo liegt tegen mij. Overigens heb ik het recht niet om het erg te vinden.'

Een andere keer zei zij: 'Vroeger, als klein meisje, dacht ik dat wij met zijn allen samen op de wereld waren en dat iedereen was zoals ik. Nu ben ik alleen op de wereld. Mijn moeder had mij als kind *Alleen op de wereld* moeten laten lezen. Zoals de andere kinderen. Dan had ik het niet zo laat ontdekt.'

Of: 'Diep in mijn hart wil ik jou helemaal niet pesten. Waarschijnlijk wil ik je laten geloven dat ik een uiterst interessant diep innerlijk leven heb, vol weerstanden en ingewikkelde remmingen. En soms, zoals nu, weet ik dat het niet zo is, dat ik veel eenvoudiger in mekaar zit dan je denkt. Kijk, want als ik je daar nu zie zitten tegenover me, dan ben ik blij dat je er bent, dat ik je straks zal voelen.'

Later zei zij: 'Ik ben nog altijd zwanger. Nu ben je wel verplicht voor mij te zorgen. Voor de gynaecoloog, de verpleegsters, het ziekenhuis, een oppas voor Muisje.'

'Wat?' riep Pierre. 'Dat alles voor die ene keer vrijen in tien dagen?'

'Dat zal je leren,' schaterde Toni. 'Kom hier, geef een kus op je kind.' Zij stak haar buik naar voren.

'Nee.'

'Als je mij afwijst, dan kijk je zo ernstig. Dan word ik in één klap weer hondsverliefd op je.'

Zij lagen toen omstrengeld en Pierre dacht: Niemand anders wil ik. Tegen beter weten in. Zij alleen.

Zij zei: 'Ik zit er wel mee in dat ik straks aan Karel moet vertellen dat ik een kind van je krijg.'

'Aan Karel?'

'Ja, Karel de Windt, Karel, mijn echtgenoot, Karel, weet je wel?'

'Natuurlijk,' zei Pierre. 'Sorry, schat, ik was vergeten dat je nog aan je rouwperiode bezig was.'

'Gekje.'

Zij vroeg om huishoudgeld. Hij gaf haar een tientje. 'Dan ben je wel verplicht sneller naar me toe te komen. Voor het volgende tientje.'

Zij werd somber. 'Dat meen je nog ook. – Denk je nog vaak aan mij als ik er niet ben? Wat denk je dan? "Waar blijft die vieze gore slet van mij?" – Hoe lang denk je dat het nog duurt tussen ons?'

'Nou, laat eens kijken,' zei Pierre vrolijk. 'Het zou aardig zijn als wij het precies op een jaar konden houden. Wij maken het uit, definitief uit, op 3 december.'

'Goed,' zei Toni. Gaf toen een kreetje. 'Maar dan hebben wij geen tijd te verliezen!' Zij sjorde haar jurk naar beneden, hield alleen haar sheriff-laarzen aan.

Toen ze een uur later gromde in haar slaap zei hij: 'Wat zeg je? Wat zei je, liefje?'

Vochtige ogen, bemind, verhit gezicht, klamme haren en zweetdruppels op haar bovenlip, het was alsof zij verdronken was geweest, alle rimpels waren weggewassen.

'Ik weet niet wat ik zei, maar wel wat ik je nu zeg, deze super-Kreeft, want Kreeft ascendant Kreeft, Antonia-Petronella-Katerina houdt van jou.'

HERFST

1

De volgende maand bracht Pierre zijn avonden meestal door in de villa van Graatsma in Wassenaar, waar hij als de onofficiële verloofde van Antje werd beschouwd. Hij speelde, Courvoisier drinkend, triktrak met Graatsma. Hij bracht een paar keer zijn moeder mee, die toen vaak ging tennissen met Antjes moeder. Pierre liet zich ook door Graatsma overhalen lid te worden van de VVD.

Toni zei: 'Ik voel dat er iets aan de hand is met jou. Je bent koeler, ironischer, ik hou daar helemaal niet van.'

Pierre en Selma en zij zaten in *The Horseshoe*, een bar vlakbij *Hermes*, waar copywriters en de laatste tijd alle kapsters van *Hermes* kwamen.

Toni zei: 'Ik denk dat ik jou kan beletten het uit te maken. Dat ik kan tegenhouden wat er met ons aan het gebeuren is. Ik zou moeten leren hoe met jou om te gaan, dat is alles. Maar daar ben ik nog niet aan toe.'

'Wanneer dan wel?'

'Als ik zou willen vandaag nog.'

'Nou begin er dan vandaag aan.'

'Hoe?'

'Ik ga naar huis,' zei hij. Hij was al bij de deur van de bar toen hij besloot, nog één keer, de laatste keer, iets tegen haar te zeggen. 'Kijk, als ik nu zeg: Ik ga naar huis, dan verwacht ik eigenlijk dat je meteen zegt: Ik ga mee.'

'O, wou je dan dat ik meeging?'

'Wat dacht je?'

'Waarom zeg je dat dan niet, oorwurm?'

Zij ging mee. Voor het eerst in maanden lag zij op hem, schudde, schokte. Hij dacht ineens aan de tijd dat zij bij Joris en Tineke logeerde en 's nachts wegreed naar Gieds flat in Slotermeer, hij zag haar naakte voeten die zich kromden op het gaspedaal, hoorde hoe ze krols een liedje zoemde, happig verlangde naar de konijnogige chauffeur, en hij duwde haar met een ruk van zijn heup van zich af.

'Wat is er?'

'Niks.'

Zij vloekte. 'Voor één keer dat ik spontaan iets uit mezelf doe. Dat ik het *zo* wou. Iets dat ik eigenlijk niet wil.'

'Waarom niet?' Hij wist het toen weer. In die houding had Karel haar ontmaagd. Hij schreeuwde: 'Ik heb er genoeg van, van je kreeftencocktail van het verleden, ik heb er de balen van!'

Zij streelde hem. Later zei zij: 'Zo zie ik je het liefst. Ook als je gekwetst bent en woedend. Als je je niet verbergt.'

2

Op een avond praatte Pierre, die ondertussen onderdirecteur was geworden, heel lang met Graatsma over diens oorlogstijd in Londen, over de kansen van de Labour-partij, over polissen van het jacht dat Graatsma het hele jaar door in de Middellandse Zee had liggen. Af en toe wuifde hij naar Antje die met haar moeder en haar tante Mia scrabble speelde. Als zij naar hem teruglachte, zag hij dat haar tanden te klein waren, te veel tandvlees lieten zien.

Toen Antje sliep verliet hij haar meisjeskamer. In pyjama, op blote voeten, tippelde hij behoedzaam langs de eikenhouten, gelambriseerde deur van de slaapkamer van haar ouders, en sloop naar de bibliotheek. Toni was een hele tijd in gesprek. Toen nam zij na één belletje meteen de hoorn op. Er volgde een lang ogenblik stilte, hij hoorde haar hijgen.

'Ben jij het?'

'Ja,' zei Pierre.

'Wat geweldig dat je mij net nu belt.'

Hij meende iets logs, schampers in haar stem te horen.

'Waarom?' riep hij bijna.

'Omdat ik dacht dat je *zag* wat er met mij gebeurt.'

'Wat dan?'

'Bel me terug over een halfuur.'

'Hoezo?' Afschuw, woede, tinteling.

'Ik vertel het je straks. Alsjeblief, over een halfuur.'

Bevend zat hij in zijn pyjama in Graatsma's chesterfieldzetel, onder een Italiaanse lamp met een marmeren voetstuk. Hij probeerde het eerste hoofdstuk van een Harold Robbins te lezen, liep een paar keer naar de trap om te luisteren, belde vijfentwintig minuten later.

'Je weet nooit wat er gebeurd is,' zei Toni. 'Ik had vanavond zo'n zin om te vrijen. Het was gewoon vreselijk.'

'En?'

'Nou, Selma en ik hadden een stickie gerookt, maar dat was Nepal die wij van Hummel gekregen hadden, ontzettend sterk spul, en ik kon maar niet inslapen, ik kreeg aldoor visioenen dat ik op een landweggetje liep en dat er een feestje was vlakbij, met een kampvuur en een heleboel mensen van *The Horseshoe*, en drie, vier van die jongens pakten me beet en rukten mijn kleren van mijn lijf. En daar werd ik zo opgewonden van dat ik het bij mezelf begon te doen, niet één keer, maar wel vier, vijf keer na mekaar, het hield niet op.'

'Was Selma daar bij?'

'Natuurlijk niet. Ik lag alleen in mijn bed.'

'Hoe deed je het?'

'Met mijn vingers. En met de telefoon. En ik dacht: O, waarom is Pierre nu niet hier! En toen je opbelde wou ik er niet mee ophouden. Maar na je telefoontje lukte het niet meer. Alhoewel, nu ik je stem hoor, krijg ik weer zin. – Hé, ben je d'r nog?'

'Ja, hoor.'

'Eerst durfde ik niet, het was zo lang geleden dat ik het bij mezelf gedaan had, maar toen kon ik het niet laten en ik dacht eraan dat jij me verteld hebt dat het goed was voor mij, weet je dat nog? Je zei dat ik mijn lichaam beter moest leren kennen, want, zei je, hoe kan je minnaar weten wat je lekker vindt als je het zelf niet weet, herinner je je dat nog?'

'Ja,' zei Pierre.

'Ik wou dat je hier was.'

'Ik had het wel willen zien, hoe je bezig was.'

'Nou, dan doe ik het toch eens voor,' schaterlachte zij.

3

Zij deed het niet voor. 'Ja, zeg,' zei zij, 'ik ben een beetje gek.' Toen zij uit de badkamer kwam, zei zij: 'Overigens is het water in je wc nu paars.'

Hij begreep het niet. In de spoelbak van de wc hing een plastic kokertje dat het water bij het doortrekken deed schuimen, met een diepblauwe kleur.

'Nou?' Zij lachte, een speels godinnetje.

'Blauw en rood, dat maakt paars.'

'O!' zei hij. 'Het kind.'

'Ik heb twee prikken gekregen van Cor. Ik kan mij nu geen kind veroorloven. Selma zegt: Vooral nu niet.'

'Ik weiger dit te geloven.'

Zij lachte breder. 'Er valt lekker niets te neuken, lekker peueuh!'

'Dit kan niet.'

'Wou je het zien?'

'Nee, dat bedoel ik niet. Wat ik gewoonweg niet kan aannemen is dat jij die achterlijke dikzak, die nota bene twaalf jaar jonger is dan jij, die opgeblazen drel, dat jij die au serieux neemt, alleen omdat ze een paar jaar psychologie gestudeerd heeft en jou platpraat met termen uit haar studieboeken...'

'Ga door, ga door.'

'...dat je daardoor beïnvloed wordt, alweer, zoals je je door

Karel en Gied en al je heren, die halfgare nitwits, die mislukkelingen hebt laten beïnvloeden, dat tuig dat je gemaakt heeft tot wat je bent.'

'Ik ben het meest door jou beïnvloed,' zei zij kalm. 'En kijk wat er van mij geworden is. Geen haar beter dan vroeger. Ik ben net zoals mijn vrienden, die jij niet goed genoeg vindt. Net als zij, net zo banaal en dom, net zo'n mislukking.'

Pierre ging weg. Weg van haar, dacht hij. Ik wil niet meer. Adieu, avontuur.

Hij wou haar straffen, belde niet. Zij belde ook niet.

4

In een onoverzienbare warboel van opeengestapelde matrassen, kussens en stoelen, uitgespreide kranten, pannen en kleren verfden Toni en Selma de muren van de woonkamer.

Muisje bonkte onafgebroken met het voorwiel van haar fiets tegen de deur.

Toni klom van de ladder, ging op de grond zitten in de kleermakershouding, dronk sherry aan de fles. Pierre zat in een kapotte rieten stoel bij het raam. Als een gedeelte van het meubilair, dacht hij. Toni's gezicht, haar nek, haar armen zaten onder de verfspatten, zij las in een boek van Erich Fromm, Pierre kon de titel niet helemaal lezen. *Liefde* en nog iets.

'Lees jij dit nou?'

'Ja. Mag ik alsjeblief?'

'Ik wist niet dat je lezen en schrijven kon.'

'O, o, o, wat ben je geestig!' zei zij. En later: 'O, wat ik je vragen wou. Je hebt mij beloofd dat je de vloerbedekking zou betalen. Nu zijn Selma en ik bijna klaar met verven. Aan het eind van de week komt die meneer met de vloerbedekking. Kan je morgen of overmorgen het geld brengen?'

'Ik kan je morgen een cheque geven,' zei Pierre.

'Wat moet ik daarvoor doen, voor zo'n bedrag?' lachte ze koket, meer naar Selma gericht dan naar hem.

'Niks,' zei Pierre mat. Hij bladerde wat in een stapeltje boeken. *Het Zelf en de Anderen, Psychologisch Woordenboek.*

'Als je wil mag je ze lenen,' zei Toni. 'Je zou er heel wat van leren. Over je identiteit en zo.'

5

Het bezoek van Tineke en Joris en Toni en Selma dijde uit tot de morgen. 'Moeder is dronken,' zei Toni, 'maar moeder gaat niet slapen.'

Pierre had haar met haar flesje witte poeder bezig gezien in de keuken. Hij had champagne in huis gehaald, maar ten slotte besloten dat zij maar beter sherry en rode wijn konden drinken, zij zouden het toch maar naar binnen gieten als tonic of Spa-citroen. Ik begin te redeneren als Graatsma, dacht hij.

Het was warm. Volgens Joris was er een ontploffing op de zon geweest die middag, die elektromagnetische storingen had veroorzaakt.

'O, dat zal het zijn,' zei Toni, 'dat ik me zo raar voel.'

'Het is leuk weer,' zei Tineke die het raam had geopend.

'Wat zeg je? Neukweer?' zei Joris en Toni schokte van het lachen.

Pierre dacht: Als ik dat had gezegd, had zij niet gelachen, had zij smalend gezegd: Jij denkt ook nooit eens aan iets anders.

Toni streek met twee lichte vingers, bijna voorzichtig, over Pierre's lippen. Hij keek verbaasd naar haar lodderig gezicht waarover iets verzaligds, in zichzelf gekeerds hing. Zij zei: 'Schat, zet eens dat plaatje op van Peggy Lee, je weet wel, dat gemeen, rottig liedje.'

Zij hadden in geen maanden samen naar platen geluisterd. Uit zichzelf draaide zij nooit een plaat en na een tijdje had Pierre het ook niet meer gedaan.

Dat zij naar dat ene nummer vroeg, na al die tijd, wekte een flardje wantrouwen, onzekerheid in hem. (Later wist hij niet meer of hij dat toen wel opgemerkt had, dat signaal van haar. En nog later overtuigde hij zichzelf dat hij het meteen had opgevangen als een duidelijke, gore, evidente trap in zijn kruis.) Hij zocht in de stapels grammofoonplaten, gooide ze op de grond, hurkte neer, scharrelde zenuwachtig, en ondertussen keek zij neer op hem, in zijn nek. Natuurlijk was het de laatste plaat, onder aan de onderste stapel. Toen hij de plaat speelde *Remember me – now you're leaving me behind love – but part of me will always be part of you*, zag hij dat ze hem star aankeek, de hele duur van de plaat, haar verwrongen kwijlende mond bleef openhangen, zweet droop over haar wangen, over haar kin.

In zijn bed babbelde zij voortdurend onsamenhangend, de nacht lang.

'Ik ben opgewonden,' zei zij. Hij wreef mechanisch over haar satijnen, melkige billen, zolang zij praatte. 'En jij?' vroeg zij.

'Ik niet.'

'Waarom niet? Kan je niet of wil je niet?'

Hij kon het verschil niet uitmaken, hij wou er ook niet meer over denken, hij bleef haar strelen, zonder enige drift.

'Nou,' zei zij, 'dan heb ik het klaargespeeld, ik heb het zover gebracht dat ik dolgraag wil en jij helemaal niet meer.'

6

Toni zou om vijf uur komen. Zij belde om zeven uur dat zij te moe was. 'Bel me morgenochtend om elf uur. Ik ben vrij.'

De volgende dag, om elf uur, om twaalf uur, nam zij niet op. Tijdens de lunchpauze reed Pierre naar de Oudezijds Voorburgwal. De deur stond open, de buurvrouw boende de trappen. Boven klopte hij een paar keer op Toni's deur, draaide de deurknop om.

Zij hadden alle meubelen en spullen van de slaapkamer en de keuken in de woonkamer gesleept. Het leek de stapelplaats van een uitdragerswinkel. Achter het schot van een bed, tussen planken van vlonders en grijze plastic zakken die uitpuilden van kleren, lag Toni op een tapijtje op de vloer. Zij snurkte. Naast haar gezicht lagen een lege sherryfles en een wiel van Muisjes fiets.

Hij ging op de grond zitten. Haar gezicht was vlekkerig, met twee puistjes op haar kin.

'Wie, wat, wat kom jij, hoe kom jij hier?'

'De deur stond open.'

'O. Wil je sherry,' zei ze met een dikke tong, richtte zich op.

'Nee.'

'Ik heb een hele fles op.'

'Waarom?'

'Omdat ik er zin in had.'

Zij krabde in haar haar, tussen haar borsten, over het pukkeltje op haar arm.
'Wil je een sigaret, schat?'
'Nee.'
'Waarom belde je niet dat je kwam?'
'Ik heb de hele morgen gebeld.'
'O, dan heb ik het niet gehoord. Hé, hoe kom jij hier?'
'De deur stond open.'
Zij lachte zwoel. 'Dacht je dat er hier een andere man was? Dat dacht je, hè?'
'Een beetje,' zei Pierre.
Zij betastte, plette haar gezicht met rode vingers.
'Ik heb nagedacht,' zei zij. 'Het gaat niet meer tussen ons. Er is iets zo vreselijk fout tussen ons. Selma heeft mij op het spoor gebracht, en die boeken die ik nu lees ook. Ik hou mezelf voor de gek. En jou ook. Ik vlucht doorlopend voor mezelf, en dat wil ik niet meer. Ik moet durven erkennen dat ik op alle fronten tekortschiet.'
Zij vond tussen de planken en de dekens een fles sherry waar nog een bodempje in zat, dronk.
'De laatste dagen heb ik mij afgevraagd of ik je miste. Nou, ik miste je helemaal niet. Ik heb het allemaal nagegaan, vanaf het begin dat wij elkaar ontmoet hebben, en ik heb gezien dat het steeds minder wordt, zowel van jou als van mij. Maar dat het uitsluitend mijn schuld is. Daarom moet ik op eigen benen staan, helder zien in mezelf. En dan komt het misschien weer goed tussen ons. Misschien. In ieder geval kan het niet langer zoals nu. Wat wil jij eigenlijk van mij, Pierre?'
'Dat je gelukkig bent,' loog hij, loog hij niet.
Zij kreeg natte ogen, snoot haar neus in het laken.

‘Kan het niet allemaal veel eenvoudiger?’ vroeg Pierre. ‘Kunnen wij niet gewoon aardig zijn voor elkaar?’

‘Ja,’ riep zij en keek hongerig, bijna blij. Op dat ogenblik dacht hij: Dit is het ogenblik. Als er iets te redden valt, moet het nu gebeuren. Maar zijn lichaam wou niet naar haar toe. Hij zweeg. Het ogenblik ging voorbij. Zij zat op haar knieen, beet op haar vingernagels, scheurde een stukje krant aan snippers.

‘Ik stel voor dat wij elkaar een tijdlang niet meer zien,’ zei Pierre.

‘Dat vind ik een goed idee,’ zei Toni.

‘Ik zal je missen.’

‘Ik jou ook. Vreselijk. – Ik moet te weten komen wat ik ben, wie ik eigenlijk ben, waarom en hoe. Dan pas kan ik enige belangstelling hebben voor jou, zoals je vraagt.’

‘Ik vraag je niks.’

‘Toch wel!’ riep Toni. ‘Al die tijd. En je had er het recht toe. Alleen ben ik daar nu pas achter gekomen dat je het recht hebt iets te vragen van een ander, dat je het zelfs moet. – De laatste tijd heb jij het ook lelijk laten afweten. Je geloofde er niet meer in.’

‘Nee.’

‘Hoe wil je dan dat ik er nog in geloofde?’

‘Ik had je soms willen slaan,’ zei Pierre, ‘door de kamer sleuren, je met je neus in je rotzooi wrijven.’

‘Had dat dan gedaan!’ kreet Toni, keek om zich heen, zocht iets met een verwilderde blik.

‘Dat was wat Karel deed,’ zei hij. ‘Ik wou iets anders. Ik wou alleen af en toe met jou boodschappen doen, jou omhelzen, bij je slapen, dat is alles.’

‘Ik begin te janken,’ zei zij. Haar onderkaak trilde. Zij huilde.

Zonder een woord ging hij langs de wankele bouw van stoelen en planken naar de deur.

‘Dag, schat,’ hoorde hij nog. Zij keek niet aan het raam toen hij op straat liep.

7

Die nacht belde Toni op. 'Ik heb nog nooit zo lang en zo hard gehuild, de hele dag, de hele avond, tot nu. En ik weet het nu zo duidelijk, de laatste keer dat ik zo gehuild heb, ik had er geen twintig jaar aan gedacht, was toen mijn vader stierf.'

'De man met de aambeien,' zei Pierre. De man uit de studieboeken van Selma, de eeuwige schuld, de verdoemde verwekker.

'Daar komt alles vandaan,' snikte Toni. 'Van de vreselijke schuld die ik voelde toen hij stierf. Want ik haatte hem toen hij leefde en hij mij sloeg.'

'En daarom bel je mij?'

'Ja. Ik voel me zo alleen. Muisje is bij Tineke. Ik zit hier al de hele dag, de hele avond en de telefoon gaat maar niet. Nu pas weet ik hoe jij je vaak gevoeld hebt, al die tijd, het is verschrikkelijk, zo alleen. Maar ik moet hier helemaal alleen doorheen.'

'Dan zou ik je willen antwoorden dat je dat dan ook alleen moet doen, en mij niet meer moet opbellen,' zei Pierre (en wou vervolgen: 'maar dat antwoord ik je niet, ik kom zo meteen naar je toe, huil niet, mijn liefje'), maar zij viel hem in de rede en riep: 'Goed. Goed. Dan bel ik je niet meer.' Hij was zo overrompeld door de gretigheid waarmee zij op zijn weigering inhaakte, door die naakte begeerte naar ongeluk en ellende, dat hij de zin niet meer afmaakte, niet meer herstelde.

'Nee,' zei hij.

'Nog dit,' zei zij, 'en dan bel ik je niet meer.'

Zij hikte. Stotterde. 'Wat mij zo intens verdrietig maakt is dat jij van mij houdt als niemand anders en dat je zoveel meer houdt van mij dan ik van jou. Ik haal niet eens tien procent van jouw gevoel voor mij.'

'En als ik tevreden was met die tien procent?' Het klonk als in een bestuursvergadering. Pierre dacht: Daar ga ik weer, daar hap ik weer! Een jojo in mevrouw d'r vingers.

'Dat kan ik je niet aandoen!' zei Toni kermend. Toen haalde zij haar neus op. Hoestte. Zei koud: 'Goed, ik bel je niet meer.'

'Nee.'

'Dag, schat.'

8

Pierre installeerde zich in hun bestand. Het was voorlopig de enig mogelijke situatie. Antje vond hem verstrooid. Hij zei dat hij overwerkt was.

Nadja zei dat toen zij Toni ontmoet had zij een vrolijke, zelfverzekerde indruk maakte.

Pierre belde Joris met een doorzichtig smoesje, vroeg naar Toni. 'Nou, ze maakt het goed, geloof ik,' zei Joris. 'Zij was nogal vlot de laatste keer. Zij leest veel, schijnt het.'

Een week na het laatste telefoongesprek met Toni liep Pierre Selma tegen het lijf in de espressobar van de Leidsestraat. Ja, zij wou wel een cappuccino. Hij hoopte dat Selma zijn fysieke weerzin niet zou merken, hij ging zo zitten dat het tafeltje tussen hen stond. Haar figuur leek op dat van Toni in het kwabbige.

'Het gaat inderdaad heel goed met haar,' zei Selma. 'Zij heeft het idee dat zij een belangrijke beslissing genomen heeft toen zij het met jou uitmaakte. Alleen moet zij dit uiteraard nog verwerken. Ik kan het je nu wel verklappen dat ik mijn best gedaan heb om haar in de richting van een dergelijke beslissing te stuwen. Het was van vitaal belang voor haar ontwikkeling dat zij inzag dat het oneerlijk was jou langer aan het lijntje te houden als zij allang niet meer van je hield.'

'Wat weet jij daarvan, weerzinwekkend kleffe werkstudente,' wou Pierre gillen. Hij knikte.

'Het was een fantasiemodaliteit waarvan zij zich totaal onbewust was,' vervolgde Selma.

'Zoals haar verhouding met Barry nu ook eerder een verbeeldingshoedanigheid is.'

Een dikke, keiharde krop zwol in zijn keel, hij kon niet slikken. Zijn hart bonsde. 'Wil je een aperitief?' vroeg hij. 'Een Campari?'

'Graag,' zei zij. En toen: 'Maar dat zal ze zichzelf ook realiseren. Het is een ontvluchtingspoging, dat snapt zij zelf ook wel.'

'Ja,' zei Pierre. 'Ja, dat met Barry,' zei hij. 'Wat doet Barry tegenwoordig?'

Even leek het alsof zij op haar hoede was. 'Je kent hem toch,' zei zij, 'van in *The Horseshoe*.'

'Natuurlijk,' zei Pierre. Toni zou het helemaal alleen verwerken, had zij gezegd, één week later beukte een zekere Barry tussen haar dijen. 'Een aardige jongen,' bracht hij uit.

'Ja. Het is één bonk rust, die jongen. En in haar toestand kan dat zeer gunstig werken.'

Pierre bleef gekluisterd aan het vettige gezicht met de donkere, bijziende kraalogen.

'Zij verbergt ook niet voor Barry dat hij voor haar de aanvulling is van een ander die zij wenst af te wijzen terwijl zij dat nog niet helemaal kan. Maar hij is dol op haar en zij vindt hem aardig.'

'Toch vind ik dat zij het mij zelf had moeten vertellen, van Barry en haar.'

'O God, heeft zij het jou nog niet gezegd? Ben ik het, die...'

‘Nee. Nee,’ zei Pierre. ‘Ik had het al gehoord. Van anderen.’

‘Waarschijnlijk was zij bang dat jij het verkeerd zou begrijpen,’ zei Selma nadenkend. ‘Dat je niet het onderscheid zou maken tussen haar beslissing om met jou te breken en haar beslissing om een relatie met Barry te beginnen.’

‘Is daar dan een onderscheid in?’

‘Zie je dat je ’t niet begrijpt, niet wil aannemen!’

‘Sorry. Ik moet naar een vergadering,’ zei Pierre, die laaide, die dacht: Ik doe iets onherroepelijks.

‘Je zal niet zo gauw nog iemand als Toni vinden,’ zei Selma.

Hij gooide een biljet van tien gulden op het tafeltje. ‘Zeg dat wel,’ zei hij verstikt en rende weg.

Een halfuur later belde hij Marco, een copywriter met wie hij soms biljart speelde. Hij informeerde naar de tarieven van Marco’s reclamebureau, zei toen: ‘A propos, je kent toch Barry van *The Horseshoe*? Wat is dat eigenlijk voor een jongen?’

‘De beste barman die ze daar ooit gehad hebben.’

‘O, is het de barman?’

‘Ja. Hoezo?’

Pierre brabbelde iets over een misverstand.

9

Pierre belde de volgende morgen heel vroeg Antje in Wassenaar, zei dat hij koorts had, liever wat wou uitzieken, dat hij haar morgen zou zien. Hij waste zijn haar, zei tegen de spiegel: ‘Tegen jou heeft zij gezegd dat er na jou niemand meer zou komen. Na één week heeft zij jou vervangen. Wat vind je daarvan?’

Hij trok zijn jersey spijkerpak aan, knoopte een Indisch sjaaltje om zijn hals.

‘Vlot,’ zei hij. ‘Vlotterik.’

Rond halfnegen, voor zij gewoonlijk het kind naar de crèche bracht, belde hij aan bij het huis op de Oudezijds Voorburgwal.

‘Wie is daar?’ riep een dunne jongemeisjesstem boven aan de trappen. Hij sprong de trap op, nam drie treden tegelijk, rukte zich aan de trapleuning naar boven. ‘Wie is daar?’

‘Pierre,’ zei hij.

‘Pierre!’ hoorde hij het meisje roepen. Net toen hij Toni’s deur bereikte schoof er een grendel voor. Toni’s stem riep heel hoog en vertwijfeld: ‘Nee. Nee. Nee!’

Er volgde gescharrel in de kamers binnen, heen en weer geloop. Zijn hart klopte. Van het trappenlopen, dacht hij. Ook.

‘Pierre,’ zei Toni’s stem, ‘kunnen wij niet een afspraak maken?’ Muisje babbelde. Er was geen mannenstem te horen. ‘Wat wil je, Pierre?’

'Doe open,' zei hij. 'Ik weet dat Barry er is.'

Stilte. De deur was pas geverfd, er hing een papiertje op gespijkerd met in de vier hoeken een bloemetje. Tony de Windt. De naam van haar man. Zij wou toch scheiden? Tony met een ypsilon. Chiquer.

Meer heen en weer gestamp. Een stoel werd omvergeworpen. Toni's stem die vloekte. Zij kwam in de deuropening staan, hield achter zich de deurknop in haar hand. Haar gezicht was hard, slaperig. Zij had gauw een te smal truitje aangetrokken en een bebloemd broekje dat scheef zat en half tussen haar billen geperst. Haar buik, een witte gekorrelde vreemde buik, was dikker. Op een passieloze manier vond Pierre haar aantrekkelijk. Hij wou haar heupen, haar billen aanraken, zijn gezicht tegen haar schouder aan wrijven.

'Hoe kan je zoiets doen?' zei zij. 'Wat strontvervelend! Waarom heb je niet eerst gebeld?'

'Ik dacht, kom, ik ga even langs.'

'Even langs!' snerpte zij.

Binnen was geen geluid te horen. Op twee, neen, op één meter afstand stond een naakte onbekende Barry achter de deur, met opgerichte pik tegen het hout.

'Je brengt mij in de grootste verlegenheid,' zei Toni. 'Het is zeer irritant.' Zij keek de hele tijd naar zijn schoenen.

'Voor wie? Voor Barry?'

'Voor mij. Het is net als in een slechte film.'

'Zo was onze verhouding toch ook?'

Zij wreef haar knieën tegen elkaar. Zij moest plassen.

'Ben je gelukkig?'

'Ja,' zei zij meteen.

‘Ik kon toch niet weten dat hij hier zou zijn? Ik wist dat er iets moois was ontstaan tussen jullie aan de bar van *The Horseshoe*, maar niet dat hij hier al logeerde.’

‘Hij logeert hier niet.’

‘Waarom heb je ’t mij niet verteld?’

Zij rukte haar hoofd naar boven, keek pal in zijn gezicht, zei hoog, met iets van de vroegere wanhoop, de vroegere onzekerheid in haar stem: ‘Maar je had mij toch verboden om jou nog op te bellen?’

Toni was de enige vrouw op aarde voor hem. Voor hem bestemd. Met de kraaienpootjes bij haar ogen, het fragiel gebeente onder de verslapte huid, de dikke knieën, rood en blauw van de kou.

‘Ga nou weg,’ zei Toni zacht. Met een schouderstoot duwde hij haar opzij, greep haar breekbare pols, zwiepte haar achter zich tegen de trapleuning en ging naar binnen in de geur van sigaretten, zeep, verschaald bier.

‘Pierre!’ riep Muisje. Hij liep haar bijna omver toen zij op hem toesprong. Zij werd weggeplukt door een bebrild meisje met goudgele haren in een vlecht. Muisje schopte tegen de benen van het meisje. ‘Lamelos!’

‘Nee, Muisje, nee,’ zei het meisje, dat bloosde, Pierre niet aankeek.

‘Ik heb, ik heb,’ zei Pierre geheimzinnig grommend, ‘een doosje, een doosje.’ Hij graaide in zijn zak en gaf haar het kleurig doosje chocoladepastilles.

‘Mams, mams, ik heb *Smarties, Smarties* van Pierre.’

Op de matras op de vloer in een keurig opgeruimde slaapkamer lag een robuuste jongeman met overvloedige zwarte lokken en een kroesbaard die de helft van zijn gezicht overwoekerde. Pierre had hem nooit eerder gezien. Ook niet in *The Horseshoe.* Ik moet meer op het personeel letten, dacht hij. Als Graatsma.

'Haai,' zei Pierre en hief zijn hand als een Apache.

'Dááág,' zei de jongeman met een verbazend diepe stem.

'Nou, dat is ie dan,' zei Toni en Pierre wist niet of zij zich tot hem of Barry richtte. Het was tot hem. Zij ging op de rand van de matras zitten, wreef over haar pols.

'Het is inderdaad één bonk rust,' zei Pierre traag. Waarop Barry verwonderd naar Toni keek. Hij was niet dik, maar vol, gespierd, rond de vijfentwintig, een vacht borsthaar tot tegen zijn hals, vriendelijke glimmende ogen met lange, meisjesachtige wimpers. Op zijn arm had hij een tatoeëring, nee, het waren Toni's bloemetjes die zij er met een viltstift op getekend had.

'Ik heb begrepen dat je mij wilt spreken,' zei Barry. Hij hield van zijn eigen stem, hij liet haar vibreren. Muisje gooide chocoladepastilles naar hem toe, hij ving ze op, deed 'Hong Hong Hong' als een gorilla en gooide ze in zijn wijd open, roze mondholte. Er zaten tabaksdraadjes in zijn baard.

'Nee,' zei Pierre. 'Ik wou met Toni spreken. Dut jij maar rustig verder.'

'Ik heb niks te zeggen,' zei Toni. 'Muisje, ga jij nou spelen met Marietje op je eigen bedje.'

'Gaan jullie op vakantie?' vroeg Pierre en dacht: Wat zeg ik nou?

'Nee,' zei Toni verbaasd. 'Jij?'

'Misschien met Kerstmis, naar de wintersport,' zei Pierre.

Barry geeuwde. Naast hem lag een boek over astrologie in

bed. Barry kruiste zijn armen, zodat de bicepsen spanden.

'Dus het gaat goed met jou,' zei Pierre.

'Ja,' zei Toni.

'Ben je zenuwachtig?'

'Nee, waarom? Omdat jij hier bent? Nee. Integendeel. Toen de bel ging had ik helemaal geen schuldgevoel. Of iets van: O, God, daar heb je Pierre! Dat bewijst dat mijn geweten zich niet schuldig voelde.'

'Toen de bel ging,' zei Pierre, 'wist je niet dat ik het was. Het had de postbode kunnen zijn.'

'Precies. Ik dacht niet meteen aan jou.'

'Maar toen ik mijn naam riep wel, toen was je geweten wel geschokt.'

'Ja,' zei zij nadenkend. 'Toen wel. Je hebt gelijk.'

'Feiten,' zei Barry. 'Als je met haar wil spreken, heb het dan over feiten. Begin niet met sentimentaliteiten.'

'Ik ben veel rustiger geworden,' zei Toni. 'Ik verberg niets meer over mijzelf. Ik schrijf elke dag op wat ik voel en dan laat ik het aan hem lezen; en aan Selma.'

'De kanker kan je krijgen,' zei Pierre.

'Heb ik al,' zei zij lachend en zij ging mee naar de deur, langs de keuken die donkerblauw geverfd was.

'Dag Pietje Vergeet-me-nietje,' riep Muisje die op de keukentafel zat.

'Dag Muisje-Pluisje,' zei Pierre.

'Nee. Het is Muisje-in-d'r-Huisje,' zei Toni.

'Dag Barry-Toni,' schreeuwde Muisje in de richting van de slaapkamer.

'Dat zei ze uit d'r zelf,' zei Toni toen zij, opnieuw, op de gang stonden waar het tochtte.

'Zij had van Selma gehoord dat Barry een diepe bariton had. En twee dagen later zei ze dat, Barry-Toni.'

Zij wachtte. Hij dacht eraan dat zij verschillende soorten stiltes had, een onverschillige, vlakke stilte zoals vaak tijdens de vakantie in de Dordogne, een onbepaald groezelige, van melancholie doortrokken stilte, en een nukkige, om iets dat haar dwarszat.

'Barry houdt zich met mij bezig,' zei ze alsof ze een vraag beantwoordde. 'Ik kan goed met hem praten. Hij dwingt me om iets aan mezelf te doen.'

'Ik ben verloofd,' zei Pierre. 'Nog niet officieel, maar waarschijnlijk trouwen we deze winter. Zij is tien jaar jonger dan jij, zij is zeer goed in bed, maar ik zou haar meteen laten vallen voor tien minuten ellende met jou.'

Het was alsof hij niets gezegd had.

Zij zei: 'Het is zo jammer dat jij in deze tijd, in dit jaar in mijn leven bent gekomen. Dat jij het toevallig bent die in deze periode opgedoken bent, op het ogenblik dat ik die gevoelsstoornissen heb in mijn relatie tot mannen.'

Het taaltje en de termen van Selma, Toni's lijdzame stem, de leugenachtige of koppige of alleen maar oerdomme verontschuldiging – alsof de bebaarde polsstokspringer met de gazelleblik en de ronkerige keel die in haar nest lag géén man was! – maakte Pierre razend. Hij wou haar kut intrappen als een deur. Zij hield haar dijen dicht, de lippen lagen al te goed beschermd onder de venusheuvel die zwol in het te krappe broekje. Met de hak misschien? Hij had die schoenen met hoge hakken moet kopen bij De Lange. Maar hij had ze te nichterig gevonden.

'Hoe vrijt een barkeeper? Naar genoegen?' vroeg hij.

'Ik wist dat je daarover zou beginnen en ik heb besloten om je daar niets over te vertellen.'

'Ik ben niet jaloers meer. Echt niet.'

'Ha!' deed Toni. 'La me nie lachen.'

'Althans niet zoals bij Gied.'

'Nou, als je 't weten wil, het is voorlopig nog niks. Ik moet nog aan hem wennen. Later zal het wel lukken. Of niet. Misschien dat ik in mijn vroegere staat terugval wat dat klaarkomen betreft, zoals in de tijd vóór ik jou kende.'

'Dat zou ik afschuwelijk vinden,' zei Pierre.

'Dat is lief van je. Ik moet nu weer naar binnen.'

'Ja.'

'O, die vloerbedekking,' zei Toni.

'Wat is daarmee?'

'Die wil je nu zeker niet meer betalen, hè?'

'Kan je nieuwe grote liefde die niet betalen?'

'Hij heeft geen cent. Maar ik begrijp het volledig,' zei zij royaal. 'Dan wacht ik er maar mee tot mijn moeder dood is. Zij ligt in Paviljoen Drie.'

Ineens zette zij wijde, sterke ogen op, als in een spelletje om te kijken wie het langst kan staren naar de ander. Zij wou koelte, harde feitelijkheid uitdrukken, alsof zij hem eens en voor altijd voorgoed op haar netvlies wou opnemen, het voorwerp dat haar al die maanden op een thans verwonderlijke manier had beziggehouden, een ding dat ook leefde, en Pierre schaamde zich in haar plaats voor het opzettelijke, theatrale, lege van haar blik. Op school had hij dat spelletje ook nooit lang volgehouden, zijn ogen traanden. Hij las het misprijzen in haar gezicht voor de emotie die zij meende te vinden in zijn gezicht. Zij dacht er vrees te zien en verbrokkeling en eenzaamheid, en in haar nieuwe staat, in haar Selma-zelf, haar Barry-zelf, vond zij dit minderwaardig, vies, sentimenteel, en wou daar niet door besmet worden. (Zo reconstrueerde hij later dat laatste, bijna laatste, op een halve minuut na laatste glazige staren van haar naar hem.)

'Weet je,' zei zij, 'misschien... Nee, ik weet het zeker, binnen afzienbare tijd zal ik met één klap inzien dat jij de enige bent, zal ik weer bij jou terechtkomen. Misschien binnen een jaar, binnen drie maanden.'

Hij kon wel kotsen om haar onwetende of opzettelijke wreedheid en om het gekietelde, hongerige gevoel dat daardoor in hem gewekt werd. Hij wou weg. Zei nog, toch, omdat hij net zo vals wou spelen als zij: 'Ik zal op je wachten.' Ook als in een slechte film.

10

Het bleek dat, als in een slechte film van een klassieke klucht, een aantal van hun gemeenschappelijke kennissen en vrienden al een tijdje op de hoogte waren van haar relatie met Barry. Schaamteloos kwamen zij nu met details voor de dag, die Pierre gretig verzamelde.

'Walgelijk,' zei Joris, 'zoals zij op een keer in een café aan de Marnixstraat zaten. Handje in handje, weet je wel. En maar strelen en zoenen, zodat wij het allemaal goed konden zien.'

Tineke had Toni eens aan de telefoon tegen Barry bezig gehoord. 'Nou, zoals zij smoezelde, zo heb ik haar, ook in het begin niet, nooit tegen jou horen praten. Ik vind het een kwal, die Barry, bwááh, met die bromtol van een stem die hij opzet.'

Nadja zei: 'Zij had niet eens gemerkt dat Barry haar wou versieren, ik heb het haar nog gezegd: "Zie je dat dan niet?" – "Hoezo?" vroeg ze. "Nou, merk je dan niet dat hij je aldoor drankjes aanbiedt zogezegd van de zaak?"

"Verrek," zei ze. En op een nacht heeft Barry haar in de bar apart genomen en alle batterijen laten vlammen, of hoe jullie mannen dat noemen, en hij praatte over zijn gevoel voor haar en weet ik veel en nou ja, je kent haar beter dan ik, zij zei dat zij gek werd, helemaal in de war.'

Pierre zag Toni, radeloos, in de bar die naar as en hasjiesj rook, en hoe de harige jonge, jonge, jongen haar overweldigde met zijn sonore woorden die haar, een veertienjarige, zouden verlossen uit haar onwennig gebleven lijf en hoe haar ineengeknoopte strengen van dromen en verlangens losgewikkeld werden door hoop en begeerte, omdat het onbekende in haar nekvel daalde en haar misschien zou meesleuren naar een open veld waar zij haar Zelf zou ontmoeten als een zuster of een heldere spiegel. Pierre kende het kleine meisje dat hongerig naar bevrijding hunkerde, het was zijn zusje, ook zijn spiegel, versplinterd en wazig in zijn fragmenten. Hij had het kleine meisje in de steek gelaten, haar vervangen door een korzelige, ingekapselde vrouw van over de dertig, die niets prijs kon geven, gesloten moest blijven, en die hem, vooral hem en zijn liefde, terugbetaalde wat haar was aangedaan, vroeger, vanaf de tiran op het rubberkussen in het vaderlijk huis tot de koude van Karel en het vrijblijvende van Gied. Nadja's man, Ronnie, zei dat Toni trots was op het feit dat zij voor het eerst zelf een beslissing had genomen of geforceerd, en dat het voor haar van minder belang was dat haar beslissing een vergissing zou blijken.

Pierre zag Daan op het diner van de Rotary.

'Je ziet er slecht uit,' zei Daan. 'Wat scheelt eraan?'

'Ik maak mij zorgen over Vietnam,' zei Pierre.

'Kerel, kerel,' zei Daan, 'zet dat mens uit je hoofd. Ik begrijp hier niets van. Ik zei het gisteren nog tegen Dina: Het lijkt wel alsof het een wet is, daar heb je nu de klassieke koude kikker, Pierre, een van de meest gewiekste jongens die ik ken, bikkelhard, met een grote flair voor de meest ingewikkelde operaties en combinaties, en die moet dan uitgerekend, als een puber, de grond in geboord worden door een snolletje van niks. Het schijnt dat zij nu met een hippie is. Wees blij, man. Hij zal wel leuk met d'r naaien. Doe hetzelfde met iets van jouw niveau. Basta. Ik moet volgende maand naar Las Vegas. Ga mee.'

Een vriendin van Selma zei dat voor zover zij de toestand kon overzien, volgens de gegevens van Selma, Pierre nog in een vroeger stadium verkeerde dan dat van de onvolwassenheid. Pierre kon de termen niet volgen, maar hij onthield dat hij een ocnofiel was, en dat was iemand die zich wanhopig vastklampte aan het liefdesvoorwerp zodat dat voorwerp, daardoor dodelijk vermoeid, niet anders kon dan vluchten. Maar, zei zij, Pierre was tegelijk een filobaat, en dat was iemand die alleen een gevoel van veiligheid kreeg als hij tussen twee liefdesvoorwerpen in zweefde, die misschien wel een van die voorwerpen verkoos maar vooral geen enkele vorm van onafhankelijkheid gunde.

'Maar is niet iedereen een beetje zo?' vroeg Pierre aan het meisje dat rond de twintig was, met de zelfverzekerdheid van Selma, een cipier met een hangbos vol sleutels van de ziel.

'Nee,' zei zij, 'ik bijvoorbeeld heb dit niet. Ik wil geen bindingen van dit soort.'

'Zoals Toni?' Pierre had moeite om haar naam hardop te zeggen.

'Zoals Toni waarschijnlijk ook,' zei het meisje.

Toen bleek het kringetje van gemeenschappelijke kennissen plots uitgeput. Hij merkte dat hij Toni verborgen had voor zijn eigen vriendenkring, dat hij geen vertrouwen had gehad vanaf het begin. En dat zij dat ook op een of andere manier verwerkt had, zonder er een kik over te geven.

In zijn huis zocht Pierre naar sporen van haar. Haalde

besmeurde slopen uit de was, vond een reepje bont van de mouw van haar roodleren winterjas, een krantenpagina die volgetekend was met bloemetjes, een katoenen doekje van Muisje. En achter de wasmachine, het fietsje van Muisje. 'Haha,' juichte hij en lachte blèrend als Dracula. Met een hamer sloeg hij alle spaken stuk, kerfde de banden door, schopte en stampte op het frame, wrong het tussen de reling van zijn balkon tot het fietsje brak, toen sneed hij nog gaten in het zadel waarbij hij de muis van zijn hand openhaalde. Hij reed rond drie uur 's middags naar Toni's huis op de Oudezijds Voorburgwal.

'Ja, bij De Windt,' weergalmde de bekende donkere bariton boven aan de trap. Pierre kwakte het metalen wrakje tegen de eerste treden en rende naar zijn auto.

11

Dezelfde week vertelde hij zelfs zijn avontuur met Toni aan Graatsma, in de wintertuin van diens villa. Hij zei dat dit alles vier, vijf jaar geleden gebeurd was.

'Ach, *die sexuelle Hörigkeit*,' zei Graatsma. 'Wie heeft dit niet meegemaakt? – Mijn jongen, vrouwen, honden en notenbomen moet je hard slaan.'

'Het was niet *sexuell*, althans zeker niet uitsluitend,' zei Pierre.

'Nou, dan heb je 't niet goed verteld,' zei Graatsma. Hij had gelijk. Pierre had met een onwaardig genot het hele relaas gebanaliseerd, gemener voorgesteld. Pierre vond zichzelf verachtelijker dan ooit. Hij wist dat Toni dit nooit zou doen. Of wel? Hij belde haar.

'Hé, dag, schat,' riep zij opgewekt.

'Luister,' zei Pierre haastig, 'wat ik gedaan heb met Muisjes fiets, ik wil mij daarvoor excuseren. Ik wist niet wat ik deed. Het is onaanvaardbaar.'

'Dat is een politieke term, schat,' zei zij even vrolijk.

'Was je kwaad?'

'Razend. Ik was helemaal overstuur. Ik begreep het wel, maar toch. O, wat haatte ik je.'

'Ik dacht: zoals ik wou dat zij van mij hield, wil ik dat zij mij nu haat. Dat ik voor haar besta, hoe dan ook.'

'Dan ben je daar aardig in geslaagd. Maar dat je mij belt, dat je toch even belt, dat vind ik weer geweldig. Je maakt me echt blij.'

'Wat doe je nu?'

'Bloemetjes tekenen op een boek.'

'Is Barry bij je?'

'Ja.'

'Zit of ligt hij bij je?'

'Hij ligt.'

'Wat doet hij?'

'Niks. En wat doe jij?'

'Ik? Ik hou het niet uit zonder jou.'

'Schatje, ik wil niet dat je je ongelukkig voelt. Ik ben ook niet van steen.'

'Hoort Barry dit nu?'

'Ja. Ik heb geen geheimen voor hem. Ik kan alles zeggen. Hij wil geen bindingen en ik ook niet.'

'Houdt hij van jou zoveel als ik?'

'Nee. Hij zegt zelfs dat hij niks om me geeft en dat vind ik wel spannend.'

Mevrouw spande d'r bilnaad. Bebaarde meneer die meeluisterde, krabde d'r aan.

'Ik heb zin om vanavond naar het Havengebouw te gaan en er af te springen,' zei Pierre. Nou, dacht hij, ik weet het nog niet zo gauw. De hele rit in de auto. Daarvoor eerst brieven schrijven, contracten tekenen…

'Het zou wel je mooiste wraak zijn,' zei Toni na een tijdje, 'om mij daarmee op te schepen. – Wat kan ik daaraan doen, schat?'

'Kom terug,' zei Pierre.

‘Nee, dat kan niet.’

‘Later ook niet?’

‘Dat weet ik niet.’

Aarzelend. Tussen hangen en wurgen. Wankele Toni. Wankele Pierre. Hij werd misselijk, zocht naar zuigtabletten in de lade van het telefoontafeltje.

‘Wij hebben het toch leuk gehad, samen,’ zei zij.

‘Vond je ’t niet één ellende?’

‘Nee! Nee! Nee!’ riep zij. Als de echo van de *Nee*! toen hij bij haar thuis binnendrong. Een even verwoed verzet. Tegen het verleden, dat zij al aan het kleuren was, aan het vervormen.

‘Het was nooit ellendig,’ zei zij.

‘Ben je gelukkig?’ vroeg hij. Zoals zo dikwijls. Vroeger.

‘Ik leef regelmatig. Ruim alles meteen op. Ik denk dat ik wegga bij *Hermes*, van beroep verander.’

‘Wat wil je dan worden?’

‘Sociaal werkster,’ zei Toni.

Hij proestte het uit, kon het niet bedwingen.

‘Je hebt mij altijd een nul gevonden,’ zei zij. ‘Een nul of een godin.’

‘Wat doet Barry nu?’

‘Hij vult de toto in.’ Zij ademden tegelijk, wachtten tegelijk, hielden tegelijk de hoorn tegen hun oor.

‘Weet je,’ begon zij.

‘Nee, ik weet het niet,’ zei hij.

‘Toen jij zei dat je onze verhouding zou rekken tot de derde december, net één jaar, toen wou ik niet dat jij daarover besliste, ik gunde jou dat niet, en daarom is het nou lekker géén vol jaar geworden. Gemeen, hè?’

‘Hoe zit het met je rouwperiode voor mij? Moest dat niet

anderhalf jaar duren volgens Selma?'

'Nou, ik zal nog wel een tijdje last hebben van jou,' zei zij.

'Bel je mij eens?' vroeg Pierre.

'Als ik je ooit nodig mocht hebben zal ik je zeker bellen,' zei Toni. 'Dag, mijn liefste, mijn allerliefste.'

(Neen. 'Dag, schat,' zei zij.)

12

Soms, terwijl hij het elektrisch scheerapparaat langs zijn wangen haalde, dacht hij dat zij op dat moment opbelde en dat hij het niet hoorde door het gezoem.

Een paar keer belde men onverwachts aan bij hem thuis. Een vrouw die over de Heer Jezus wou praten. Een jongen die vroeg of Anna hier woonde.

Elke keer dat hij een oranje Volkswagen op straat zag, keek hij snel naar de nummerplaat. Hij zag haar auto nooit. Hij vermeed ook de buurt van haar huis, van *Hermes*, van de crèche.

Mannen met baarden haatte hij, en ook alle langharigen in kaftans en capes en gerafelde jeans, met hun zweverige, makkelijke, geoliede bewegingen. De meeste kantoorklerken, veel bouwvakarbeiders, sommige politieagenten droegen lang haar en baard. Tot ontsteltenis van Antje verliet hij na een halfuur de bioscoop toen zij samen een film over Alexander de Grote zagen waarvan alle acteurs onder welig haar zaten.

Hij las in *Avenue* een advertentie voor een product waardoor vrouwen zelf konden ontdekken of zij zwanger waren, en dacht eraan dat Toni de laatste weken bij hem de pil niet meer nam en dat zij hem eens gevraagd had te masturberen omdat zij het enig vond om te zien, en hoe hij toen met zijn gezicht tegen haar knieën lag en merkte dat zij afgewend lag met dichtgeperste ogen, en hij verbeeldde zich keer op keer zijn eenzaam geruk zonder genot terwijl hij het kind verspilde dat hij hartstochtelijk in haar had willen persen. En hoe zij nu de pil nam voor Barry, zonder enige moeite.

Een ober van de Oesterbar zei dat juffrouw Toni twee dagen geleden nog tong in witte wijnsaus had gegeten en gember met slagroom na. Zij had een fles Sauternes gedronken, ja, in d'r eentje, en zij was daarna zelfs een beetje in slaap gevallen. (Wat? Moest zij dan 's avonds niet naar haar baardaap toehollen?)

Pierre ging twee keer in de week naar een bodybuildingschool waar hij gewichten hief en een Turks bad nam, zich nauwgezet onderwierp aan de hakkerige bevelen van een instructeur. Op kantoor werkte hij met een snelheid en een beslistheid die zijn secretaresse deed gapen van bewondering en vermoeidheid.

Verdriet kwam in golven. Echt als kiespijn, dacht hij. Hij maakte zichzelf wijs dat zijn verdriet zich verplaatste, van haar én hem naar de situatie, als naar iets abstracts, een afgerond verhaal in zijn verleden, maar dat duurde niet lang. Het was eerder alsof hij een dood kind in zich meedroeg, dat etterde in zijn buik en dat hij eruit moest snijden, wat hij steeds maar uitstelde.

Op straat versnelde hij soms zijn pas of stak hij de straat over omdat het silhouet van een gedrongen, zwartharig meisje voor hem liep. Soms bleken het jongens te zijn. Eén keer een Koreaan.

Hij bleef voor de vitrine van De Lange staan en koos de nieuwste klompschoenen voor haar en dacht eraan dat hij, in de laatste dagen, in de winkel van Frank Govers nog een te strak zittend, gebloemd oranje broekpak voor Toni had gekocht en een blouse en een pet, en hoe zij Frank Govers had omhelsd en geroepen had: 'O, dank je wel, schattekijn, ik ben er heel erg blij mee,' en hem, Pierre, als terzijde over zijn wang had geaaid. 'Bedankt, schat.' En hoe zij beslist die avond in *The Horseshoe* met het pak had gepronkt, voor de nijdige blikken van de andere *Hermes*-kapsters, voor de glanzende, dierlijke ogen van Barry, wiens makkelijke prooi zij geworden was.

Op een avond verbeeldde hij zich dat zij beneden bij hem thuis aan de trap stond, en de schakelaar van het licht niet kon vinden. In de deuropening van zijn flat brulde hij haar naam, drie, vier keer. De buurvrouw van de flat naast hem kwam kijken op het trapportaal.

'Ik riep naar mijn hond,' zei Pierre. 'Ik heb net een hond gekocht, een teckel.'

'Jaja. Dat zal wel,' zei zij.

13

Pierre probeerde het aan Nadja uit te leggen. ‘Eerst hield ik van haar, en toen heb ik mijn liefde ondersteund door de wil om van haar te houden. Nu kan ik die wil regelen zoals ik dat wil, hem afzwakken, hem vernietigen. Daar ben ik nu mee bezig. Als die wil verdwenen is, dan zal er snel een totale onverschilligheid komen.’

‘Hoever is hij al verdwenen, die wil?’

‘Nou, al aardig.’

‘Och, schei uit,’ zei Nadja. ‘Als zij nu, op dit ogenblik, in deze kamer kwam en zei: “Hier ben ik…”’

‘Dan…’ zei Pierre. Hij wist het niet.

‘O, wat hou ik van jou,’ zei Nadja. ‘Je bent zo neoromantisch.’

‘Ja, zo maken ze ze niet meer,’ zei Pierre.

‘Maar dat doet ze nooit,’ zei Nadja. ‘Zij weet heel goed dat als zij terug zou komen dat zij dan pas goed door de mangel zou gaan.’

Pierre was het daar niet mee eens, hij begreep niet eens goed wat Nadja bedoelde, maar hij vroeg niet naar opheldering. Nadja leek te veel op Toni. *Door de mangel gaan* was haar liefste genot.

14

Cecile, Pierre's moeder, zei dat hij, net als zijn vader, niets van vrouwen afwist, het nooit zou leren. Het was blijkbaar een gave die je met je geboorte meekreeg.

'Maar het gemak waarmee zij mij heeft laten vallen, het feit dat zij in al die tijd niet één teken van leven heeft gegeven, bewijst toch dat ik niets voor haar betekend heb, niets beteken?'

'Engel,' zei Cecile. 'Het is precies andersom. Als een vrouw zo hard, zo totaal met een man breekt, bewijst dat dat ze met hem nog vreselijk in de knoop zit.'

'Jij redeneert zoals ik,' zei Pierre, 'omdat je iemand bent die waarden weet te waarderen, die een onderscheid kan maken tussen dingen die belangrijk zijn en dingen die het niet zijn. Zij is anders, Sis. Zij is van plastic!'

'Kom nou, Pierre.'

'Waarom belt zij mij niet op?' riep Pierre.

'Waarom bel jij haar niet op?'

'Omdat ik ook van plastic ben. Geworden ben.'

'Het komt allemaal door het rapport van de Club van Rome,' zei Cecile. 'Die jonge mensen voelen dat ze nog dertig jaar te leven hebben, of nog tien jaar, zij willen nog van alles meemaken, voordat de boel knalt.'

15

’s Avonds zouden Graatsma en zijn vrouw naar de opera gaan en voor die tijd een licht diner gebruiken bij Pierre thuis. Antje gaf Pierre een lijst mee: hazenpaté, lamsbout, noedels, etc.

Hij wou bij Rodriguez een lamsbout kopen, was al half uit zijn auto gestapt toen hij Toni zag. Zij stond met haar gezicht naar de vitrine gewend. Naast haar stond een Surinaamse jongen die bij haar hoorde, want zij hadden alle twee eenzelfde rood rennerspetje met witte letters op. Hij wist niet of zij hem gezien had, want blind stapte hij in zijn auto en reed weg zonder te kijken.

Een tijdje later liep hij, nadat zij bij Keyzer geluncht hadden, met Zuidhoek en Asch van Wijk van de Delta Lloyd op het Museumplein, toen hij Toni op de hoogte van het Stedelijk Museum op het grasveld zag liggen. Zij sliep. Naast haar lag de valhelm van een motorrijder, een linnen tas en het beertje van Muisje. Er was een herfstzonnetje en zij had een oranje coltrui aan en een spijkerbroek. Omdat Zuidhoek net een ingewikkeld betoog hield over een mogelijke fraude waarbij drie filialen betrokken waren, liep Pierre met hen mee, drie sportieve maar bedaarde heren in een openluchtbespreking. Bij de Overtoom zei Pierre: ‘Sorry, jongens, ik heb iets vergeten,’ en holde terug. Toen hij bij de plek kwam was zij er niet meer. Op de keet van het Van Gogh Museum stond geschilderd: *Jezus lééft. In Vietnam.*

Hij liep als een gek door de Van Baerlestraat, zocht naar motorrijders, Toni was nergens te zien.

Hij ging over het grasveld, bereikte een plek waarvan hij meende dat hij er nog de afdruk van haar lichaam kon zien in het geplette, blekere gras. Er lagen peukjes van vier Gauloises. Pierre knielde en legde zijn niet bedarende lichaam neer op de afdruk. Keek naar de immense, verstilde lucht. Tot hij het te koud kreeg en zijn rug dwars door zijn tweedjasje nat werd.

16

Tineke kwam een glaasje bij hem drinken want zij voelde zich ongelukkig en ze had altijd een leuk contact met Pierre, zei ze. Joris was aan het vervreemden van haar, vertelde ze en dat nam een halfuur in beslag.

'Hoor je ooit nog iets van Toni?' vroeg zij toen.

'Nee. Niets.'

'Ik zag haar toevallig verleden week in De Bijenkorf. Zij is een goed stuk vermagerd. Zij deed in het begin wat koeltjes want ik geloof dat zij nu met een ander soort omgaat. Zij is weg bij *Hermes*. Ontslagen. Want het kon niet meer zoals zij er bij liep de laatste tijd. Zij kwam ook elke dag te laat. En zij drinkt weer als vroeger en pept weer de hele tijd. Maar toen deed ze ineens heel hartelijk tegen mij. Zij vroeg me een tientje te leen om fruit te kopen. En toen moest ik mee met haar naar het WG. Nu kan ik helemaal niet tegen de lucht van ziekenhuizen, maar goed, ik dacht, het is toch een vriendin van mij geweest. Want ik moest mee om Rudolf te zien, haar nieuwe liefde. Hij heeft een of andere venerische ziekte, ik heb maar niet gevraagd wat, en zij zei er ook niet veel over. Nou, toen zaten wij daar. Zij zeiden bijna niks tegen mekaar. Ik dacht eerst dat het door mij kwam, omdat ik er bij zat. Maar zij vertelde me later dat ze gewoon naar elkaar zitten te kijken. Zij gaat er elke dag naar toe, met de krant. Of met fruit, als ze iemand als ik ontmoet. Zij was eerst bang dat zij ook iets opgelopen had, van Rudolf, maar het schijnt van niet. Daar vroeg ik haar namelijk wel naar. Heb jij niets opgelopen? vroeg ik. En toen zei zij iets heel raars. Nee, zei zij, ik heb niets, maar wat dan nog? Voor de tijd dat het nog duurt.'

'Voor de tijd dat het nog duurt met Rudolf?'

'Nee, zij zei het anders, nadrukkelijker. Voor de tijd dat het duurt.'

'Is het een Surinamer, die Rudolf?'

'Nee. Hoe kom je daarbij? Nee, het is een van die mooie jongens, met lang, blond piekhaar, een beetje kalend van voren, met zo'n stoer Limburgs gezicht, weet je wel. Hij is sportleraar, geloof ik, met van die dikke armen, en hij doet iets aan amateurtoneel, geloof ik, voor gehandicapte kinderen en zo. Hij had een vrouw en twee kinderen en die heeft hij in de steek gelaten voor haar. Met een heleboel toestanden.'

'Zei zij nog iets over mij?'

'Geen woord. Dat vond ik ook zoiets raars. Geen woord.'

17

Antje lag naast hem naar Radio Noordzee te luisteren. Pierre wou slapen, had slaappillen ingenomen, maar het lukte hem niet.

'Als je van het Havengebouw afspringt is het náár voor andere mensen,' zei hij. 'Je valt op een taxi. Of op een vrouw in een rolstoel. Of schooljongetjes zien je liggen. Wat er nog van je overblijft. – Van de gaskraan krijg je vreselijke hoofdpijn voordat je goed verdoofd bent. – Met een scheermes over je keel in één snelle ruk? Misschien beef je, snij je niet hard genoeg, niet ver genoeg door. En het moet ook pijn doen. – Pillen. Dan loop je kans dat ze je maag leegpompen.'

Antje zette de radio harder.

'Ophangen is vies,' zei Pierre. 'Je doet het in je broek op het laatste ogenblik. Nee, geef mij maar de oude Romeinse methode, lekker in een warm schuimbad, met een Gillettemesje je polsaderen doorsnijden, je merkt het nauwelijks, het schuim wordt roze, en dan rood, je zakt gewoon weg in de technicolor.'

'Hou op,' zei Antje.

'Je kunt het ook rekken,' zei Pierre. 'Bijvoorbeeld gedurende een paar maanden op je gemak een elektrische stoel bouwen op zolder. Je kunt alle onderdelen makkelijk kopen.'

Antje sloeg de dekens weg, stond naast het bed.

‘Ik moet iets eten,’ zei zij, met moeite hoorbaar boven het gekabbel van de diskjockey. ‘Of iets drinken. Ik ben een beetje misselijk.’

Zij was glad, volmaakt van proporties, een vlakke buik, sterke, lange dijen en benen, harde borstjes. Zij hield van hem.

Ik spring niet van het Havengebouw, dacht Pierre, niet omdat ik zo nodig moet leven, niet omdat ik Antje geen pijn wil doen, maar omdat ik, vooral omdat ik, opnieuw, steeds meer, op Toni wil lijken, wil zijn zoals zij, laf, vluchtend, vlottend. Voor de tijd dat het duurt.

WINTER

Op de derde december hagelde het. Rond halfelf nam Pierre de hoorn op om, na maanden, Toni te bellen, op de eerste en laatste verjaardag van hun nacht in Maastricht. Toen wist hij het nummer niet meer. 'Hé,' zei hij hardop, 'dat is pas iemand vergeten.' Hij pijnigde zijn hersens. Van het hele nummer wist hij nog een 6. En een 4 op het einde.

In zijn adressenboekje, dat beklad was met haar bloemetjes in verschillende ballpointkleuren, stond het nummer natuurlijk ook niet. Waarom had hij het moeten noteren? Hij had haar honderden keren gebeld.

Op kantoor vond hij het ook nergens in zijn agenda of zijn telefoonklapper.

'Dat is een duidelijk teken,' zei hij hardop, 'een signaal van de goden dat ik er persoonlijk heen moet.'

Rond middernacht reed hij naar de Oudezijds Voorburgwal en dacht: Ik kom in haar kamer. Zij kijkt mij aan, zij komt overeind, los van de matras op de grond. Zij is niet veranderd, net zomin als ik. Zij valt tegen mij aan. Zij fluistert: *Eindelijk.*

Hij parkeerde zijn auto op de hoek van de brug. Stond in een portiek aan de overkant. Er was licht achter het raam van Muisjes kamer dat uitkeek op de straat en dat Muisje beklad had met brede strepen plakkaatverf.

Het is onmogelijk dat zij op dit ogenblik niets voelt van

mijn verlangen naar haar, dacht Pierre. Zij moet dat raam openrukken.

Een kwartier later dacht hij: Misschien neemt zij een douche, en maakt zij zich op, met valse wimpers en de krullenpruik die zij bij *Hermes* gestolen heeft, om naar mij toe te komen.

Daarna dacht hij dat zij misschien niet alleen was. Volgens Nadja's laatste, gretige berichten was Rudolf op een dag naar zijn gezin gegaan omdat zijn jongste kind de mazelen had en was hij niet meer naar Toni teruggekeerd. Maar misschien had Toni daarna de mazelen gekregen en lag zij nu aan Rudolf vastgenageld op de matras op de grond.

Drie kwartier later viel er dunne, doorzichtige sneeuw, en reed Pierre terug naar zijn huis.

Rond twee uur, op het ogenblik dat zij een jaar geleden in een bar van Maastricht vroeg: 'Wat wil je eigenlijk?' en dat hij zonder adem te halen zei: 'Jou,' zette hij *Misty* van Erroll Garner op, legde Gauloises klaar, schonk twee glazen Piper Heidsieck Brut in, schikte zandkoekjes op een zilveren schaal. Tegen de schoorsteen geleund wachtte hij. Hij had de cactussen, de Engelse porseleinen ruiterbeeldjes, de opaline-lamp weggehaald van de schoorsteen en er stond alleen een foto die hij had laten vergroten van een kiekje dat een straatfotograaf van hen gemaakt had vóór het Paleis op de Dam. Zij had een jasje aan met strepen en een wijde zwarte broek, een duif die op een kraai leek zat op haar linkerarm, zij lachte vol verwachting.

Om halfdrie dacht hij: Zij is, als altijd, een halfuur te laat.

Toen was zij twee uur te laat.

Toen kwam zij niet meer.

KAA

Pierre Diederich werd rond vier uur wakker door het geruis en getik van de waterleiding en de eerste vogels. Zoals vaker de laatste maanden was hij meteen klaarwakker. Antje, zijn vrouw, had haar haar gewassen voor zij ging slapen, zij rook naar herfstbladeren. Toen hij zo behoedzaam mogelijk uit het bed stapte, glimlachte zij in haar slaap. Hij kroop nog even bij haar, boven de dekens, lag nog even tegen haar aan. Haar regelmatige, lauwe adem waaide tegen zijn lippen. Zij legde haar arm om zijn hals. Toen sliep zij weer en verslapte haar greep, haar hand met de gewelfde, gelakte vingernagels rustte tegen zijn halsslagader.

De plankenvloer kraakte. Zij woonden in een bonkige villa uit de jaren dertig, met een Engelse tuin en een wijd gazon te midden van hoge eiken die de geluiden van de autoweg opslorpten.

Er was niets te horen in de babykamer waar Petra, hun dochtertje van zeven maanden, sliep. Ook de twee teckels sliepen nog.

Pierre inspecteerde zichzelf in de badkamer. Hij was nog getaand van hun vakantie op Rhodos, het oogwit was helder, een kies moest deze week nog gevuld worden, de tong was beslagen (van de dertig Gauloises per dag). Toen hij op de weegschaal stond overviel hem een weeïg gevoel, zijn ingewanden borrelden en toen wist hij het weer, gisteravond had zijn secretaresse opgebeld dat Karel de Windt hem dringend wou spreken. Zij had een afspraak gemaakt voor vier uur ’s middags. Vandaag. Alhoewel Pierre op donderdag golf speelde met Graatsma, zijn schoonvader, had hij de afspraak niet willen verschuiven.

Hij ging in de veranda zitten in zijn corduroy kamerjas, pulkte wat aan zijn teennagels, nam de notulen door van een bestuursvergadering, probeerde enkele zinnen op te schrijven van de bedaarde maar toch stekelige speech die hij zou houden voor de Rotary die avond, over de rampzalige ontwikkeling die te verwachten was in Amsterdam als de wet op de selectieve investeringsregeling zou worden aangenomen en toegepast, maar hij verfrommelde het papier en gooide het tegen een ruit.

Hij las twee pagina’s in *Tender is the Night*, het lievelingsboek van Antje, waar hij al de hele week mee bezig was, maar hij las niets dan fragmentjes, splinters, scherven.

Om acht uur kwam Frans, de tuinman. Om negen uur zat Pierre aan het ontbijt. Antje zei dat zij heel diep geslapen had en dat zij van hem hield. Zij wiegde Petra op haar schoot.

‘En ik van jou,’ zei Pierre.

Om twintig over negen liep hij, terwijl de radio van de buren schetterde over het gazon, naar zijn Mercedes. De lucht was heiig.

In Buitenveldert, tijdens een opstopping, las hij in *De Telegraaf* de horoscoop van de Kreeft. Zoals hij elke dag deed. Toen hij voor het congres van Delta Lloyd een week in Denver, Colorado, had gelogeerd verleden jaar, was hij elke middag naar een tijdschriftenwinkel bij de First National Bank gegaan om *De Telegraaf* (van de vorige dag) te kopen en de horoscoop van de Kreeft te lezen. Zijn eigen horoscoop las hij allang niet meer. Ook die van Antje, Boogschutter, niet, noch die van Petra, Vissen.

'KREEFT. Uw naaste medewerkers komen met een eenvoudig plan dat de moeite waard lijkt. U moet sceptisch blijven als men u aantrekkelijke kansen voorspelt in financieel opzicht.'

Wie Toni's naaste medewerkers konden zijn, daar kon hij zich geen voorstelling van maken. Van haar ook niet meer. Het werd steeds moeilijker. Als hij aan Toni dacht en dat deed hij elke dag drie vier keer, vooral als het donker begon te worden en de lichten van de neonreclames aangingen, verbeeldde hij zich bijna uitsluitend haar gezicht zoals het op de foto stond die een straatfotograaf had gemaakt tussen de duiven op de Dam en die hij verbrand had twee jaar geleden. Hij had eerst de gitzwarte, wijde ogen uitgekrast met een nagelvijl, toen het hele gezicht met de zwarte holten onder de jukbeenderen, de hoopvol lachende mond.

Medewerkers? Pierre kon zich alleen minnaars voorstellen, breedgeschouderde, smalheupige jongens in T-shirts en jeans, met vieze voeten, natte lippen, meestal omkroesd door een baard. Zij mompelden, lijzig, te lui om iets helemaal uit te spreken.

In financieel opzicht? Pierre dacht met een grimmige wellust dat zij arm was als een rat, alleen gehaktballen at, de telefoonrekening niet kon betalen.

Om vier uur was de bespreking die hij met twee leden van de Provinciale Raad van de VVD had nog niet ten einde. Toen zijn secretaresse meldde dat Karel de Windt aangekomen was, rekte hij het gesprek nog een twintigtal minuten. Hij tintelde en volgde het gekabbel over verdeelsleutels en herstel van de rentabiliteit allang niet meer.

Pierre meende te zien dat zijn secretaresse haar glimmende wipneus optrok toen zij Karel binnenliet.

'Breng even de sherry,' zei Pierre. Hij verwachtte dat Karel zou zeggen dat hij weinig tijd had of dat hij alleen jenever dronk maar de man leek verlegen, in de war. Hij is in die twee jaar verlept, dacht Pierre, dat is het woord, verlept, als een vrouw.

De wallen onder Karels grijze ogen waren scherper gesneden. Toni had het ooit over 'karrenwielen' gehad. Karel was op een morgen wakker geworden, na een lange nacht drinken, met 'karrenwielen', halfronde gleuven die als brillenglazen in zijn huid gedrukt zaten en niet meer verdwenen waren.

Karel droeg een olijfgroen legerjasje, een broek met brede paars-witte strepen en tennissloffen. Een ketting met een eigrote, amberen bal om zijn nek. Hij ging, ongevraagd, in de bezoekersstoel zitten, tegenover Pierre's teakhouten bureau.

'Ik ben gekomen om je iets te vragen,' begon hij.

'Uiteraard,' zei Pierre.

Karels lijzige, slepende stem was lichter dan hij zich herinnerde. Karel was ook dunner dan in zijn verbeelding, want hij had elke keer dat hij aan Toni's man, Toni's eigenaar, Toni's sloper dacht een peziger, breder, behaarder man gezien die hij haatte en minachtte. De figuur vóór hem, die trachtte zijn aarzeling en ongemak te verbergen, raakte hem niet meer.

'Waarschijnlijk denk je dat ik je geld kom vragen.'

'Waarom?' vroeg Pierre.

'Het zou kunnen. Een soort schadevergoeding voor wat

je mij hebt aangedaan. En Toni hebt aangedaan. Jouw soort mensen zetten dat meestal in geld om.'

Pierre zag hoe Karel de agressiviteit die in hem opwelde, bedwong.

'Het is niet zo, ik heb geld genoeg,' zei Karel snel.

'Heeft het met Toni te maken?'

'Natuurlijk.'

Karel maakte een ongeduldige wuifbeweging met zijn smalle, precieuze hand. Hij wachtte tot Pierre's secretaresse de deur uit was, dronk zijn glas sherry in één teug leeg, zette het glas met een te harde tik op het bureau. 'Zij is erg ziek,' zei hij. 'Cor, onze dokter, denkt dat zij deze week doodgaat.'

Hij wachtte op Pierre's wanhoop, op een kreet. Pierre kon het niet laten, het gutste uit hem. 'En nu, nu, nu vraagt ze naar mij. Nu wil zij...'

'Nee,' zei Karel. '*Ik* vraag het je. Zij weet hier niets van.'

Pierre schonk sherry in. Karel nam een sigaartje uit de aluminium doos die naast de kleurenfoto van Antje en Petra stond.

'Wat is de aard...' zei Pierre en hoorde zijn stem, de gedragen stem die hij in de Provinciale Raad opzette, en vroeg: 'Wat heeft zij dan? Heeft zij een ongeluk gehad?'

'Kaa,' zei Karel. Het klonk ijl, nederig. Het ontroerde Pierre dat Karel, die zich de manieren, het accent en de grofheid van een Amsterdamse arbeider had aangemeten, het woord niet in zijn volle kracht kon uitspreken, dat schroom en angst hem zo overmanden dat hij alleen de letter kon uitbrengen, de K van de Kreeft. Of was het uit liefde? Iets van zijn vroegere weerzin stak de kop op. Pierre begon te zweten.

'Hoe lang al? Van wanneer?' vroeg hij.

'Zij ging voor iets anders, iets dat er niets mee te maken had, naar Cor toe en toen hij haar onderzocht heeft Cor het ontdekt.'

'Waar ging zij dan wel voor?' Alles moest Pierre weten, met één klap kwam zijn vroegere, allesoverweldigende gretigheid naar alles wat van Toni was, terug. Zijn handpalmen waren nat, zijn hemd plakte aan zijn vel. Karel herkende dit en zei: 'Iets anders. Iets vrouwelijks.'

Dit was geen pudeur meer, dit keer, maar afstand, afstoting. Karel wou het donkere, slijmige gebied, het 'vrouwelijke' van Toni voor zich alleen bewaren. In de kroeg, bij zijn vrienden, of bij onbekenden had hij desgevraagd, gewoon, slordig gezegd: 'Abortus' of 'Baarmoederontsteking'.

Toen Karel naast hem in de Mercedes zat en instructies gaf over de te volgen weg, dacht Pierre: Ik laat me leiden. Hij moet mij naar haar leiden. Opnieuw. Naar de slachtbank. Naar de folterbank van dit verleden dat ik al die tijd, hoe onderhuids ook, in leven heb gehouden, ook met tegenzin, tegen beter weten in, en nu wordt dit verleden met zijn kinderachtige wensdromen in iets tastbaars omgezet. Ik zal zien. Ik zal horen wat tot vanmiddag verleden tijd was, en hoop en verdriet.

'Je kunt de auto beter hier parkeren,' zei Karel. Hij stapte uit voordat de Mercedes stilstond. Toni had ooit verteld dat Karel autogek was. 'Daar is het.'

Het was een kolenboot of een sleepboot die onder het roet zat. Bovenop had men een houten staketsel met afbladderende lichtblauwe verf gebouwd, als een uitkijktorentje. Er hing een Hollands vlaggetje aan een geteerde mast. Het dek lag vol planken, plastic vuilniszakken, kabels, een gloednieuwe fiets, een paar vetplanten, tinnen bakjes met cactussen, verfpotten, zeildoek. Op de boot naast de kolenboot zaten langharige jongens en meisjes in lange gewaden naar een halfnaakte Deen of Zweed te kijken die op een mandoline speelde en er bij zong. De reusachtige lindebomen lieten zonnevlekjes door, als confetti over de meute gestrooid en over het okeren, logge water. Vette, grauwe duiven liepen langs de rand van de kade. Een cementmolen daverde.

Toen Karel al op de loopplank van de boot stond, zei Pierre: 'Nee. Ik ga niet mee. Ga jij maar alleen.'

'Hoezo?'

'Ik wil niet meer.'

'Zij verwacht je niet,' zei Karel.

'Juist daarom.'

'Je begrijpt het niet,' zei Karel dringend. 'Het zou haar écht helpen, nu.'

Hij kwam terug naar de kade, hij wou Pierre bij zijn kraag grijpen, hem in de zwartgeblakerde lage vesting sleuren.

'Ik wacht eerst nog eventjes,' zei Pierre en was bang dat zij op dat ogenblik in die deuropening voor dwergen zou verschijnen, of achter de matgrijze ramen, dat zij het olieachtig vuil van de ruiten zou wegvegen, haar gezicht – uitgemergeld, koortsig, krijtwit – tegen het glas zou drukken om hem te zien.

'Ik zal niet tegen haar zeggen dat je er bent.'

Karel lichtte het haakje van de deur, daalde zijdelings een trapje af, trok de deur dicht.

Had hij haar dan opgesloten?

De groep van de andere boot had Pierre in de gaten terwijl hij er onbeweeglijk stond. Hij voelde hoe hij hun verbazing of verbaasde wantrouwen of minachting wekte, in zijn muisgrijs visgraatpak, zijn gladgeschoren gezicht, zijn glimmende Italiaanse loafers.

Volgens Antje, die het uit *Harper's Bazaar* had, was de hele langharige seks-en-drugs-en-popmuziekverheerlijking definitief *passé*, en was dit jaar het neoklassieke aan de orde.

Maar dat konden de slaapbootbewoners natuurlijk nog niet weten.

Een uiterst lange en broodmagere jongen met zijn door de zon gebleekte haar in een staartje bijeengebonden kwam naast Pierre staan, keek naar het drijfhout, knoopte zijn gulp los en plaste in de gracht. Zijn elleboog raakte Pierre bijna aan. Pierre dacht dat de anderen, ook bebaarde Duitsers in schapenvachtjasjes die bij een Volkswagenbus hurkten vlakbij, zouden lachen, gieren om de provocatie van de sterk kletterende vlerk naast hem – hij dacht: Ik duw hem zo meteen plassend in de gracht – maar niemand reageerde, het was niet eens een uitdaging geweest.

Toni's oranje Volkswagen was nergens te bekennen. Zíjn auto. Het was nooit 'onze' auto geweest. Nooit 'ons' huis, 'ons' bed.

Waarom had hij op het laatste ogenblik geweigerd mee te gaan? Uit angst omdat zij veranderd zou zijn? Zozeer veranderd – opgeblazen, met vettige lellen onder haar kin, of vergrauwd, uitgeblust – dat er op het gezicht van zijn herinnering een nieuwe, verwoestende herinnering geënt werd?

Of uit angst dat zij niet veranderd zou zijn? Dat er geen spoor te vinden zou zijn in haar hele gestalte van wat zij ooit eens een grote liefde hadden genoemd en wat nu verschraald was tot iets zo vluchtigs als de herinnering aan een gebaar, een kreetje? Misschien lachte zij net als vroeger, uitdagend, klaterend. Misschien was er niets, niets gebeurd tussen hen dat haar had aangetast.

Een dertienjarige schandknaap, gehuld in een djellaba, sprong op het dek van Toni's boot, hij vond er een rode plastic pul, dronk er uit, nam de pul mee en gaf hem aan de mandolinespeler.

Het leek alsof het donker werd. Een brede wolk. Pierre dacht: De ware reden waarom ik Karel niet gevolgd heb is dat ik haar met gelijke munt wil betalen. Nee, dit is de ware reden niet. Het was omdat ik, opnieuw, wou zijn als zij, in alles, dat is: vluchtend, elk gevecht, elke streling ontwijkend, ik wil goor en laf zijn zoals zij.

Hij dacht dat hij haar stem hoorde. Er morrelde iemand aan de deur binnen. Een lenige, jongensachtige oude man, die net van onder de douche kwam, sprong op de kade. Pas toen hij vlakbij was, herkende Pierre een collega van Toni, Hummel, die hij vaak – toen, toen, vroeger – in *The Horseshoe* had gezien. Zijn voornaam was Eugène, maar iedereen noemde hem Hummel. Hij bewoog in een wolk van lavendel.

'Hallooo.' Hij droeg een T-shirt waarop Tarzan afgebeeld stond.

'Dag,' zei Pierre.

'Wat leuk, wat leuk dat ik je nog eens terugzie.'

'Ja, zo zie je,' zei Pierre.

'Ja.' Hummels ogen vernauwden van genoegen. 'Je gelooft het natuurlijk nooit, maar ik heb heel vaak aan jou gedacht. Ja.'

Hij nam Pierre's arm en duwde hem in de richting van de brug, stapte precies in de maat mee. Aan de overkant van de gracht stonden Japanners met fototoestellen en verrekijkers om hun hals.

Hummel ging, op twintig meter afstand van de boot, op de reling zitten, hield zich vast aan een lantaarnpaal.

'Ja. Toni is er vreselijk aan toe, weet je. Zij kan niet eens meer haar bed uit.'

Plots, zonder inleiding, overgang of zwelling, alsof iemand de naald midden in de plaat had laten vallen, weerklonk vanuit Toni's boot scheurend hard de stem van Peggy Lee, begeleid door harmonica en slagwerk. De Deen hield op met zijn mandolinespel. De stem schalde te heftig, vervormd, over de gracht. '*Taught you how to find love, first love, happy love and blind love.*'

Pierre voelde zijn bloed. Mijn hart pompt, dacht hij. Vijfenveertig liter per minuut. Een koude wind streek langs zijn oogballen. Hij wou wegrennen. De plaat kraste, stopte, midden in een zin.

'Zij geeft ons een seintje,' zei Hummel. 'Ja. Zo is zij wel, die schat.'

Pierre zag Toni op de matras op de houten vloer liggen, haar hand schoof langs de olijfgroene legerdeken met de vlekken van bloed en braaksel, zij sloeg de naald weg.

'Zij heeft het tot op het laatst verborgen, voor ons allemaal, wij wisten er niks van, weet je.'

'En toen ging ze naar Cor toe,' zei Pierre.

'Ja, voor complicaties na haar kind, weet je.'

'Muisje?'

'Nee, liefje, voor het kind dat ze verwachtte van Johnny.'

'Wanneer?'

'Een maand of vier geleden, geloof ik. En toen werd het een

miskraam. Zeven maanden ver was zij. Het was een beeldje, zij heeft het gezien, het was een jongetje en helemaal donker als Johnny Mathis.'

'Johnny Mathis? Had zij daar…'

'Nee! Johnny Mattes, een drummer, een Surinamer. Hè, die Pierre toch!' Hummel lachte, honderden plooitjes trokken door zijn vergrijsde jongenskop. 'Johnny Mathis! Die is goed. Als ik haar dát vertel, zal zij zich rot lachen.'

Zijn gezicht betrok. Hij stak zijn duim in zijn mond, zoog aan een niet-bestaande wonde.

'Je ziet niets aan haar,' zei hij. 'Wij dachten eerst dat het bloedarmoede was, omdat ze zo erg vermagerde, wij dachten…' Hij rolde een dun sigaretje, draaide het uiteinde dicht. Zoog. Zweeg.

'Zij is niet veranderd, zei je.'

'Nee. Net zo mooi als vroeger. O, laatst nog, toen zij bij ons aanbelde toen het zo regende, ik doe open en daar stond ze, met die wilde donkere ogen, weet je, nou, ik kreeg weer een schok. Wimmie ook. Daar heb je onze *star* weer, zei Wimmie.'

Hij keek af en toe tersluiks naar de boot, alsof er een nieuw signaal zou komen, rook uit de ronde schoorsteenpijp.

'Ga nou effe naar d'r toe,' zei hij.

'Had zij het ooit over mij?' vroeg Pierre.

'Jawel, heel vaak.'

'Toe nou, Eugène,' zei Pierre.

'Nee,' zei Hummel na een pauze. – 'Nee. Nooit. Wij vonden het zelf ook vreemd, Wimmie en ik. Want wij hebben lang gedacht dat het weer goed zou komen tussen jullie. Want ik zag dat wel zitten, een nieuwe rie-lee-sjun-sjip tussen jullie.'

Hij gaf zijn sigaret. Pierre haalde diep in. Zijn keel schroeide. Er gebeurde niets. Een meisje dat op Toni leek fietste voorbij. Zij was eleganter, jonger.

'O, toch wel!' riep Hummel ineens, bijna olijk. 'Hè, dat ik dat nou vergeet! Veertien dagen geleden zouden we Johnny's verjaardag vieren, maar die kwam toen niet opdagen, want Johnny duikt soms onder, nou ja, zo noemt hij dat, onderduiken, in verband met de Surinaamse bevrijdingsoorlog, zo noemen ze dat, en wij hadden het feestje zónder Johnny. Nou, Muisje zat in d'r hokje, zij gaf geen kik en Karel zegt: Wat zou ze uitspoken, en hij gaat kijken. Nou moe, zij had de hele koffer van Toni leeggehaald, papieren en foto's en spulletjes en zo en zij had alles heel stilletjes spulletje na spulletje in het water gegooid. Nou, Toni ging vreselijk tekeer, je kent haar, dan is het net een viswijf, hè. En ineens begint ze te zoeken, op van de zenuwen, zij zoekt overal. Wat zoek je toch? zegt Karel. Een armband, zegt ze. Nou die had Muisje ook mooi in de gracht gemieterd. Je had haar toen moeten horen. Zij pakte Muisje vast en zij hield haar voor het raam. Ik gooi *jou* in de gracht, riep ze. Ja, wij hebben wel gelachen toen.'

'Wat zei zij over die armband?'

'Zij gilde. Pierre zijn armband, riep ze. Het enige dat ik nog van hem heb. – Nou ja, zij zal nog wel meer spulletjes van jou hebben, niet?'

'Jawel,' zei Pierre, maar kon zo gauw niet bedenken wat. Het jasje van zijn blauwzijden pyjama schoot hem te binnen. De armband, achttiende-eeuws, fragiel Venetiaans zilver met een steen van turquoise fragmentjes. Toni had hem een paar weken gedragen, daarna nooit meer. Toen Pierre er eens naar vroeg, zei zij dat hij in een kartonnen doos zat met het speelgoed waar Muisje niet meer mee speelde.

'Volgens Karel heeft Cor weinig hoop,' zei Pierre.

'Omdat hét over heel haar lichaam verspreid is, liefje!'

'Hét? Wat hét!' Het klonk bars, vijandig.

'Die bacillen, die virussen, hoe noem je die krengen?'

'Hoe is het begonnen?' vroeg Pierre en dacht: In mijn tijd, in mijn jaar.

'Nou, ze had al een hele tijd een pukkeltje op haar linkerarm, en vandaar is het vertrokken. Toen kroop het naar haar dij, en toen, vreselijk gewoon, naar de endeldarm. Vandaar naar de nieren. Uitzaaiing noemen ze dat.'

Pierre vocht tegen de jeuk, de hitte in zijn lichaam. Hij knipperde met zijn ogen tegen de plotse vrieslucht. Het leek alsof de zonnevlekken die de linden doorlieten, een regelmatig patroon hadden en dat ze aan- en uitflitsten en zoemden. Op twintig meter van hem lag zijn uitgemergelde prinses op een vunzige matras, slierten minuscule larven dansten in haar ingewanden en vraten zich een weg door het uitgebluste vlees.

Karel kwam bij hen staan. 'Zij slaapt,' zei hij.

'Gelukkig,' zei Hummel.

'Nou, je hoeft er niet meer heen,' zei Karel bitter tegen Pierre. Toen knipoogde hij.

De mandolinespeler en zijn kleurig gevolg kwamen langs. De lucht was één wolk van *Feldgrau* geworden. Karel hield niet op met knipogen, de linkerhelft van zijn gezicht schokte.

'Je hebt haar toch verteld dat ik er was?' zei Pierre.

'Ja. Ik ben door geen enkele belofte aan jou gebonden.'

'Wat zei zij toen?'

‘Zij vroeg of ik die plaat wou opzetten.’

‘Het was wel heel luid, hoor, Karel,’ zei Hummel. ‘D’r was een heleboel vervorming.’

‘Zij zei dat ik hem zo hard mogelijk moest zetten,’ zei Karel verongelijkt, en tot Pierre zei hij, terwijl zijn tic verzwakte tot een hulpeloze grijns: ‘Ik heb nog een cadeautje voor je.’

Hij haalde een in tweeën gevouwen papiertje uit zijn borstzak en reikte het Pierre aan. Toni had het geruite lichtgele papier met een blauwe ballpoint helemaal volgetekend met haar bloemetjes. Op de andere kant stond in haar kort, rond handschrift een lijst met voornamen, met nummers ervoor. Het laatste nummer, 21, stond voor Johnny. De enige naam in hoofdletters was de zijne, nummer 15. Zij had een kadertje getrokken om PIERRE en er een hartje naast getekend, doorboord door een pijl. Pierre wou het papier aan snippers scheuren, als confetti, als schilfers van zonnevlekken over de gracht strooien. Hij vouwde het papiertje nog eens dubbel en stak het in zijn linkerbroekzak, bij zijn papieren geld.

‘Ik zou je hersens moeten inslaan met die plank daar,’ zei Karel.

‘Doe dat,’ zei Pierre, smeekte hij.

‘Nou moe,’ zei Hummel.

‘Weet je,’ zei Pierre en hield even op, dacht: Ik zeg: *weet je*, net als Hummel, net als Toni, en snauwde toen: ‘Zij wou een kind van mij.’

‘Ja, dat herinner ik mij nog. Jij, Karel?’ zei Hummel.

‘Als het een jongen was geweest had zij hem Pietje genoemd. Naar mij. Voor een meisje had zij Marie-Dordogne bedacht.’

‘Klinkt erg goed,’ zei Hummel en proefde het na. ‘Marie-Dordogne.’

Het was onwaarschijnlijk, ongeloofwaardig, maar op dat ogenblik (als in een slechte film) leek het dat Toni hen kon horen, gehoord had, want er kwam een schril gekerm uit de boot. Het was haar stem, hoger dan Pierre ooit gehoord had, en scherp alsof een deur uit haar hengsels werd gewrongen vlak bij een microfoon. Pierre kon er geen woord van verstaan, het was zeker zijn naam niet die zij riep, het was een toon die uit haar geperst werd door geweld, door foltering. De boot leek te bewegen, te deinen. Karel rende er heen.

'Kom toch,' zei Hummel en zette zich in beweging. Even haastig holde Pierre, terwijl hij het getrappel tegen de plankenvloer van de boot hoorde, naar zijn auto. Hij rukte de deur open, stapte op het pedaal, omklemde het stuur en probeerde eenzelfde geluid voort te brengen als datgene dat in zijn hoofd bleef scheuren.

Hij parkeerde langs de kant op de weg naar Amstelveen, stak een heel rolletje drop in zijn mond en lalde: 'Ik wil haar niet meer. Ik wil niet. Het is mijn beurt, mijn beurt,' en sloeg tegen het stuur tot zijn handpalm en zijn pols lam waren.

Hij liet zich achteroverzakken, zijn nek tegen de leuning. Hij dacht dat de flauwe geur van het leer die was van haar bijna reukloze huid.

Vier weken later liep Pierre Diederich achter een kleine stoet vreemdelingen van wie hij alleen Karel, Nadja, Tineke en Joris kende. Een paar gedrongen figuren en een hinkende dikkerd identificeerde hij als broers van Toni.

Hij had die morgen valium geslikt zoals de dag tevoren en de hele week tevoren.

Volgens Karel had Toni's moeder bij de voorzieningen die zij getroffen had als zij kwam te overlijden een bepaalde som gereserveerd voor de begrafenis van haar vier kinderen. Later was zij lid geworden van een vereniging ter bevordering van crematie, omdat dit hygiënischer was.

De stoet bestond uit Toni's familie, een sliert stugge middenstanders in het zwart, sommigen duidelijk kleinsteeds, een aantal kapsters, kappers en aanverwanten, en een vijftal vrienden van uit de tijd van haar huwelijk met Karel, herkenbaar aan de jeans, de jasjes in schapenvacht, de kettingen, de bakkebaarden, het nonchalante optreden. Nadja had Pierre niet gegroet. Karel ook niet, alhoewel hij Pierre de dag tevoren nog had opgebeld op kantoor om hem aan de ceremonie te herinneren. Tineke had een weidse strohoed op en hing aan de arm van Joris, die magerder was geworden, brozer, zorgelijker.

Zij liepen langs ceders, langs monumenten.

Toen zij een tempeltje betraden met glas-in-loodramen met chrysantmotieven, inscripties over het eeuwige leven, en een poster van Gandhi, wachtten Joris en Tineke hem op.

'Jij!' zei Tineke. 'Hoe kom jij hier?'

'Met de auto.'

'Nee, ik bedoel...'

'Kom op, trut,' zei Joris. Zij gingen achterin staan, met uitzicht op gebogen ruggen, ineengezakte schouders. De hippe vrienden van Karel bleven bij elkaar, keken elkaar onwennig aan. Een van hen had een sigaret verborgen in zijn handpalm.

Uit een zijdeur kwam toen een mollig, rozig wijfje in een rolstoel binnengereden. Met één zwaai, waarbij zij aan het stuur van haar voertuig rukte alsof zij het nog aan het uitproberen was, reed zij tot bij Karel die alleen vooraan stond en de rolstoel bedwong. Het wijfje hoestte luid en lang, schikte de rood-wit geruite kussens in haar rug. Zij had rode, strakgespannen konen en een gouden brilletje. Alleen de sombere geitenogen waren die van Toni. Of ook de grove bouw van de ribbenkast, dat tailleloze middel, de spekkige heupen?

Het werd nog stiller, iedereen wachtte.

Voorafgegaan door een stugge jongeman schreed een grijsaard in uniform, niet plechtig maar zelfgenoegzaam traag, naar voren, naar een verhoging waar een zwartmarmeren kist prijkte. Voor zijn buik uit droeg hij een ebbenhouten doos met zilveren rozetten, boog voor Toni's moeder die strak náást hem bleef kijken, en verdween in de rechtse deuropening. Viool en cello weerklonken in stereo, een trio van Schumann.

Toen de muziek ophield onderzocht Toni's moeder de aanwezigen en knikte een paar bekenden toe. Na een tijdje bewoog het publiek iets vrijer. Een van de kapsters poederde haar neus. Op een bepaald ogenblik keken drie van Karels vrienden, als bij afspraak, Pierre recht aan. Een ventilator snorde zachtjes achter de reusachtige, beige-fluwelen gordijnen.

Nadja had een hoogblonde jongeman bij zich die minstens twee meter lang was, een groen shantoeng jasje droeg, en haar af en toe iets toefluisterde. Misschien was dat Rudolf.

De moeder zei iets geprikkelds, bevelends. Karel suste haar.

Pierre zag dat de moeder een Mickey Mouse-horloge droeg. Het gezoem en geklepper van de ventilator werd onregelmatig, luider en stierf toen plots uit.

'Het is de stofzuiger,' zei Joris toen hij Pierre's vragende uitdrukking zag.

‘Om de as uit het kistje te zuigen,’ zei Tineke.

De grijze ceremoniemeester had een witte, pasgestreken stofjas over zijn uniform geslagen en het ebbenhouten kistje verwisseld voor een bolle, koperen bloempot die hij statig aan Toni’s moeder presenteerde. Zij bracht een gesis voort, alsof zij heel hard op een holle kies zoog. Het klonk als een kus.

Het gezelschap volgde de koperen pot naar buiten, langs een paadje dat tussen varens slingerde. Er lag een vlies van vrede, van dood over het gras, de heesters, de bosjes. Pierre liep achter Joris die Tineke bij een heup vasthield.

Met afgrijzen bemerkte Pierre plots midden op de smalle weg een hoopje grauwe sintels. Dit kon het toch niet zijn? Maar het rijtje zwijgende silhouetten ging met een bocht om het geklonterde gruis heen de ceremoniemeester achterna, een opening van het bos in.

Een van Toni’s broers slipte, werd opgevangen door zijn vrouw of zijn moeder.

‘Ik word niet goed,’ zei Tineke.

‘Hou toch op,’ kefte Joris.

Bij een kromming in de weg, waarschijnlijk vlak bij hun bestemming, want men liep nu zeer traag, wachtte Nadja op Pierre. Haar slaperige ogen waren bleker dan ooit. Zij beet heel hard op haar onderlip. Op een precieze afgemeten toon, als met tegenzin, zei zij: ‘Ik ben toch blij dat je gekomen bent. Ronnie wou niet, de flapdrol.’

De hoogblonde jongeman naast haar gaf Pierre een weke, brede hand, zei dat hij Erik heette en *Hermes* vertegenwoordigde.

‘Maar zij werkte toch allang niet meer bij jullie?’ zei Pierre.

‘Dat is toch geen reden, mijnheer,’ zei Erik nors.

‘Zij ging ook niet meer met ons om,’ zei Nadja en stapte verder.

Achter Pierre had een oud echtpaar het over de carcinoom van een zekere Pia, die men toch keurig drooggelegd had met bestralingen.

Een zeer breed gazon werd zichtbaar. Het gezelschap stelde zich in een halve cirkel op tegenover een laag, kalkig monument met een bas-reliëf waarop twee reusachtige handen elkaar omstrengelden. De ceremoniemeester knipte met zijn vingers naar zijn assistent. Er waren geen vogels te horen, alsof ze met chemicaliën uit de boomkruinen geweerd werden.

Toni’s moeder kakelde. Karel en een breedgeschouderd meisje dat op Pietje leek in het boerse probeerden haar te bedaren.

‘Waar is Sjonnie?’ riep de moeder. ‘Ik heb het hem zo lief gevraagd om Antonia’s auto terug te brengen om Antonia de laatste eer te bewijzen. Waarom moest Sjonnie net vandaag naar Arnhem? Zij heeft toch zijn kind gedragen. Waar blijft Sjonnie?’ – ‘Hij komt nog,’ zei Karel als tot een kind.

De man in de witte stofjas deed een tiental passen naar voren. Hij leek, geïsoleerd op het gazon, uiterst kwetsbaar, hij hield zijn kin een beetje schuin. Toen kiepte hij met een besliste ruk de koperen ketel om. Een gulp witgrijze as plensde eruit.

Met voorzichtige pasjes, in een vertraagde danspas, maakte de man een cirkel en strooide het stof verder in het gras dat bleker was dan onder de bomen.

Er was te veel as, het hield niet op. Pierre dacht aan de lengte van Toni, haar schouderbreedte, het gewicht van haar borst en buik en billen en dacht: Ik zal nooit meer met iemand over jou spreken. Ik zal voortaan altijd alleen slapen. Alleen met jou.

De as waaide op, in een teer wolkje, streek weer neer. Zo veel as. Stopten zij er kranten bij, bij het verbranden? Pierre wou een Gauloise opsteken. Te veel as.

Hij wou slapen. Dat kwam door de valium. Hij deed zijn ogen dicht en plots ontstak er een schrijnende woede in hem, omdat zij veilig was en weer gevlucht was en voorgoed, goed, goed.

De man schudde de koperen pot nog vier of vijf keer heen en weer, op en neer. De pot was leeg. Was het ware lichaam het verbrande lichaam, dat van de ziel? Neen. Er was niets meer.

De moeder wuifde in de richting van het monument. Zij riep: 'Welterusten, lieve, lieve liefste van mij.' Haar rolstoel deinde en piepte.

Er was niets dan een streepje stof over het schrale gras. De oogballen waren opengespat, de lichte, ijle, met moeite krullende schaamhaartjes waren verzengd, zoals haar blauwdooraderde voeten, haar schorre stem. En over het bleke stof tussen de grassprieten waaide geen windhoos, viel geen slagregen.

Op zijn tennissloffen liep Karel naar het spoor van Toni's as. Hij bleef staan bij wat hij meende de uiterste rand van de asstrooiing te zijn. Hij knielde en legde een orchidee in het gras. Het hart van de orchidee: haar plooien; de roze en rode lobben: haar opening, haar natte gleuf.

Over Pierre's bestofte schoenen liepen mieren. De mier heeft één keer in zijn leven een moment van begeerte. Dit moment, één jaar, Het jaar van de Kreeft, was er geweest. Pierre moest niezen. Hij durfde niet. Te veel as.

Zonder verder om te kijken naar de anderen liep hij naar zijn auto. Vermoedde vaag dat de harige vrienden van Karel zijn banden hadden doorgesneden.

Toen hij langs het hoofdgebouw liep waar een opgewekt gebabbel hoorbaar was, zag hij, in de schaduw van een ceder, op de vensterbank van een open raam, op de hoogte van zijn schouder, Muisje zitten. Zij had een beertje op schoot.

'Hé, Muisje!'

Zij herkende hem niet.

'Wat ben jij gegroeid!'

Het kind keek hem wantrouwig aan. Haar gezichtje was scherper geworden, Pierre meende er de puntige kin van Karel in te vinden.

Toen herkende zij hem en richtte meteen al haar aandacht op Beertje, wikkelde hem in een katoenen, gebloemd doekje. Zij had een plissé jurk aan met lange mouwen, zwarte kousen tot onder de knie, een zwarte tafzijden strik in haar witblonde krullen. Sporen van chocola over haar wang, blauwe inktvlekken op haar vingers.

'Is oma nog in het bos?' vroeg Muisje. Zij keek gespannen naar Pierre's keel, naar zijn das van paarse zijde met een patroon van zilveren zeepaardjes.

'Ja,' zei Pierre, 'en je papa ook.'

Een weelderige dame met een streng gezicht nam Muisjes hand vast. 'Kom. Spring,' zei ze. 'Kom, kindje, wij krijgen yoghurt met appelstroop.'

Muisje rukte zich los.

'Ik ben de moeder van Rudolf,' zei de dame.

'O ja, natuurlijk,' zei Pierre.

'Rudolf geeft les in Breda. Anders was hij vast gekomen. En wie bent u?'

'Wie ben ik, Muisje?'

Stilletjes, alsof zij het nu pas ontdekte, terwijl zij het uitsprak, zei zij: 'Pi-erre.'

'Vroeger zei je vaak Pietje tegen mij, weet je nog? Pietje Vergeet-mij-nietje.'

'Johnny-Macaronni,' zei Muisje.

'Muisje-in-d'r-Huisje,' zei Pierre.

'Rudolf-de-Wolf,' zei Rudolfs moeder.

'Moeder-de-Poeder,' zei Pierre en stokte. Hapte naar adem. De as.

In de koffiekamer achter Muisje, waar de zon in brede schuine banen scheen, dwarrelde het stof. Pierre durfde niet te ademen. De as.

Muisje kroop overeind, schuurde haar rug tegen de raamhor, wendde zich naar Pierre en spreidde haar armen wijd, een zwart eendje dat wou vliegen.

'Niet doen,' riep Rudolfs moeder.

'Niet doen, Muisje,' zei Pierre. Vroeger had hij haar, als zij die beweging aangaf, hoog in de lucht gegooid, tot zij hikte van het lachen.

Zij vouwde haar armen weer dicht, sprong in de koffiekamer.

'Wacht even,' zei Pierre. Hij wou iets ophouden, iets vasthouden. Hij rukte zijn das los, reikte hem naar het kind. Zij begreep het niet. Pierre scharrelde in zijn broekzak. 'Hier,' riep hij en gooide al het geld dat hij bijeen kon graaien in Muisjes richting, verkreukelde briefjes en muntstukken die opsprongen tegen de zwart-witte tegels.

'Maar wat doet u nou, meneer,' riep Rudolfs moeder.

Muisje, in haar belachelijke ouderwetse pakje, haar waarschijnlijk door Toni's moeder opgedrongen, kwam terug naar het raam. Met een verraderlijk, bijna wreedaardig lachje (dat Pierre later als dat van Toni herkende), riep zij: 'Ajax! Ajax! Ajax!'

Zoals vroeger. 'Ajax wint de wereldcup!' zong Pierre en Muisje viel in. Zij zongen het samen luidkeels. Tot Muisje hem heel dicht naderde. Toen greep Pierre een handvol van haar krullen. Muisje gilde. Hij trok het gezicht vlak tegen zich aan tot hij de pupillen van haar moeder zag in haar opengesperde, wijde ogen.

Toen vluchtte Pierre, in het zonlicht, verblind.

EINDE

INHOUD

IN ULYSSES VERSCHENEN

Frank Martinus Arion – *Dubbelspel*
Kees van Beijnum – *Dichter op de Zeedijk*
Jorge Luis Borges – *De Aleph en andere verhalen*
Joseph Boyden – *Driedaagse reis*
Philippe Claudel – *Grijze zielen*
Hugo Claus – *Het jaar van de kreeft*
Jan Cremer – *Made in* USA
Jessica Durlacher – *De dochter*
George Hagen – *De nomaden*
Willem Frederik Hermans – *Au pair*
Willem Frederik Hermans – *Onder professoren*
Hermann Hesse – *De steppewolf*
Hermann Hesse – *Siddhartha*
Ingrid Hoogervorst – *Woede*
John Irving – *Tot ik jou vind*
James Joyce – *Ulysses*
Jack Kerouac – *On the road*
Paul Koeck – *De bloedproever*
Steven D. Levitt en Stephen J. Dubner – *Freakonomics*
Tip Marugg – *De morgen loeit weer aan*
Nicolaas Matsier – *Gesloten huis*
Jay McInerney – *Bright Lights, Big City*
Catherine Millet – *Het seksuele leven van Catherine M.*
Marga Minco – *Storing*
Erwin Mortier – *Mijn tweede huid*
Harry Mulisch – *De zaak 40/61*
Harry Mulisch – *Twee vrouwen*
Charlotte Mutsaers – *Rachels rokje*

Vladimir Nabokov – *Lolita*
Nedjma – *Wilde vijg*
Amos Oz – *De derde toestand*
Amos Oz – *Een verhaal van liefde en duisternis*
Philip Roth – *Sabbaths theater*
W.G. Sebald – *Austerlitz*
Jan Siebelink – *De herfst zal schitterend zijn*
Jan Siebelink – *Laatste schooldag*
Jan Siebelink – *Vera*
Graham Swift – *Waterland*
Donna Tartt – *De verborgen geschiedenis*
Manon Uphoff – *Koudvuur*
Tommy Wieringa – *Alles over Tristan*
Virginia Woolf – *Mrs Dalloway*

ULYSSES